커트

이유 소설집
커트

펴낸날 2017년 1월 24일

지은이 이유
펴낸이 주일우
펴낸곳 ㈜문학과지성사
등록번호 제1993-000098호
주소 04034 서울 마포구 잔다리로7길 18 (서교동 377-20)
전화 02)338-7224
팩스 02)323-4180(편집) 02)338-7221(영업)
전자우편 moonji@moonji.com
홈페이지 www.moonji.com

ⓒ 이유, 2017. Printed in Seoul, Korea

ISBN 978-89-320-2978-8 03810

이 도서의 국립중앙도서관 출판예정도서목록(CIP)은 서지정보유통지원시스템 홈페이지
(http://seoji.nl.go.kr)와 국가자료공동목록시스템(http://www.nl.go.kr/kolisnet)에서
이용하실 수 있습니다. (CIP제어번호: CIP2017001191)

커트

이유 소설집

문학과지성사

차례

낯선 아내

잠복근무 중 잠깐 집에 들렀다가 현관에서 낯선 여자를 봤다. 나는 황급히 돌아섰다.

"뭐야, 오자마자 또 나가는 거야?"

익숙한 목소리였다. 나는 현관문 손잡이를 잡은 채 여자를 돌아봤다. 분명 모르는 여자다. 아닌……가?

기겁을 한 여자, 그러니까 내 아내 손에 이끌려 신경정신과엘 갔다. 젊고 빠릿빠릿해 보이는 의사는 안면인식장애 같다고 했다. 검사를 해봐야 알겠지만 증상으로 봐서 그렇다는 것이다.

들어보셨죠? 뇌에서 얼굴을 인식하는 기능이 고장 났다고 보시면 됩니다. 의외로 많은 사람들이 이 병에 걸린 채로 살죠. 의사의 말에 아내는 어처구니없어했다. 몇 달 전 쇄골뼈가 부러져 응급실에 실려 갔을 때도 담당했던 그녀가 나보다 더 흥분했다. 선생님 이 사람 직업이 뭔지 아세요? 형사예요. 사진에서 얼핏 본 사람도 알아보는 사람이라고요.

정신적 충격 때문일 수 있다고 의사는 설명했다. 그럴 만한 일이 있었습니까? 의사가 물었다. 그런 일이야 늘 있죠. 나는 대꾸했다. 심리 치료를 받아보는 것도 방법이라는 의사 말에 나는 아내 손목을 끌고 일어섰다. 그는 내 뒤통수에 대고 말했다.

"병이 계속 진행되면 거울 속에 비친 자신도 못 알아보게 될 겁니다."

할 수만 있다면 그 나불대는 입술을 낚아채 수갑으로 채워두고 싶었다.

"어때요, 매번 처음 보는 사람이라는 건?"

함께 잠복근무 중인 지모가 보인 반응은 깜찍했다. 잠시 사태의 심각성을 잊고 나는 장단을 맞췄다.

"옆에 누운 여자를 보고 깜짝 놀랐지. 잠자리도 새롭더라니까."

지모는 걱정스런 눈빛으로 나를 봤다.

"매번 뉴페이스인 거지."

나도 모르게 피식 웃음이 났다.

"사람을 어떻게 구분하죠?"

지모가 물어왔다.

"나를 기억해주는 사람들한테 감사할 따름이지."

비장한 투의 내 말을 지모는 무시했다.

"키가 큰지 작은지, 체격이 어떤지, 헤어스타일이나 안경, 뭐 그런 걸로 구분해야겠네요."

의사 처방도 별반 다르지 않았다. 그러나 키나 체격이 비슷한 데다 헤어스타일까지 같은 사람이 얼마나 많은가.

"한 명 한 명 다른 점을 찾아내서 기억해가야겠지."

"그러니까 대체 뭘로요?"

"눈은 해태가 됐지만 귀는 멀쩡하니까."

큰소리는 쳤지만 솔직히 자신은 없었다.

"저는 어때요?"

지모가 얼굴을 바싹 들이댔다. 그와는 1년 반, 햇수로 3년을 함께 보냈다. 아무리 낯설어도 이 사람이겠구나, 하는 느낌은 있다. 지모는 평범한 기업체 연구소 직원 같은 인상이었다. 실제로 심리학을 전공하고 박사과정을 밟다 뒤늦게 경찰시험을 봤다.

"설마 내가 너를 모를 것 같냐."

말을 하고 나자 급격히 의기소침해졌다. 정작 그래야 되는 사람은 3년 차 파트너인 지모나 늘 인상이 구겨져 있는 반장이 아니라 아내여야 하지 않은가.

반장은 못 들을 소리를 들었다는 표정이었다.

"이제는 별별 핑계를 다 대면서 빠져나가네."

오해할 만한 상황이었다. 신입 경찰 대부분이 형사계는 못 가겠다고 고개를 흔든다. 호기롭게 발을 들였다 제풀에 나가 떨어지는 경우도 부지기수다. 나 역시 답답했다. 눈에 보이는 증상이 있는 것도 아니고 엑스레이를 찍어 보일 수도 없었다.

"반장이 다른 말은 안 해요?"

지모가 빈 종이컵을 손바닥으로 납작하게 누르며 물었다.

"이번 사건은 마무리하고 보자는데."

본부는 2주 전 발생한 방배동 살인 사건으로 정신없었다. 사망자는 아파트 관리인에 의해 발견됐다. 마흔여섯, 이름은 박형석. 박은 마흔다섯 평 아파트 거실에 대자로 뻗어 있었다. 둔기로 머리를 맞고 즉사했다. 흉기는 발견되지 않았다. 카펫은 원래 색을 알아볼 수 없을 정도로 빨갛게 물이 들었다. 현장을 보면 확실히 알 수 있다. 죽고 죽이는 일은 순식간에 일어난다. 그것으로 끝이 아니다. 그를 둘러싼 길고 복잡한 여정이 다른 한편에서 시작된다. 여러 각도에서 사체 사진이 찍히고, 소소한 인간관계까지 모두 파헤쳐져 단서라는 이름이 붙은 서류철에 기록된다. 이해관계와 원한관계만 탈탈 털어도 가닥이 잡힌다. 그가 무엇을 지키려 했는지. 무엇을 지키고자 무엇까지 버리려 했는지.

미국에서 연락을 받고 온 박의 아내는 최소한의 슬픔도 내비치지 않았다. 체격에 비해 얼굴이 작고 턱이 뾰족했다. 지난 5년간 박은 두 딸의 학비와 생활비를 꼬박꼬박 보냈고 현지에 집도 장만했다. 월급만으론 어림없는 일이었다. 돈의 출처에 대해 그녀가 모를 리 없었다. 그러나 묻는 것마다 고개를 가로저었다. 아이들을 데리고 유학을 떠나기 전부터 각방을 썼다는 말만 반복했다.

수사는 두 팀으로 나눠서 진행됐다. 1팀은 살인이 있던 날, 살인이 있던 시각, 아파트에 드나든 사람이 있는지를 집중 조사했다. 2팀은 회사와 주변 인물을 탐문했다. 나와 지모는 한동안 김시호 사건 마무리로 바빴다. 우리가 사건에 투입될 무렵 박형석 사건 수사에는 큰 진전이 있었다. 박의 명의로 된 오피스텔이 있음을 알게 됐고 경비원의 입을 통해 주기적으로 드나들던 여자가 있다는 것도 알아냈다. 그렇게 해서 나와 지모는 돈화문 부근에 있는 평범한 종로 뒷골목 앞을 지키게 됐다. 우리는 좁은 차 안에 앉아 경비원이 작성한 몽타주 속 여자가 나타나기만 기다렸다.

모든 수사는 인상착의부터 시작된다. 한번 대면한 사람은 물론이거니와 사진에서 힐끗 본 얼굴조차 나는 잊지 않았다. 졸업 앨범에서 본 아내의 동창을, 강남 한복판에서 그녀보다 먼저 알아보는 바람에 아내가 기겁한 적도 있다. 정말 나쁜 짓하고 도망가면 안 되겠네. 아내가 눈을 동그랗게 뜨고 되뇌었다. 나쁜 짓 안 하면 되잖아. 나는 웃음으로 받아쳤지만 경직된 그녀의 표정은 쉽게 풀리지 않았다. 그랬던 나였다. 나는 몽타주에서 시선을 떼지 못했다. 분명 어디선가 본 얼굴임에 틀림없다. 그러나 누군지 기억해내는 건 불가능했다. 나는 사람 얼굴을 알아보지 못하는 몹쓸 병에 걸리지 않았던가.

나는 지모에게 몽타주를 건넸다.

"알아볼 수 있겠어?"

평소라면 그가 내 지시에 따랐겠지만 이젠 내가 그의 표정을 살펴야 할 형편이었다. 지모 역시 영 자신 없어 하는 얼굴이었다. 아무래도 저는 몽타주인식장애가 아닐까요,라고 하는 바람에 기어코 내 손바닥이 그의 뒤통수를 강타하게 만들었다.

"이 몽타주 속 여자가 부인이나 마찬가지라는 거잖아요."

지모가 말했다.

"무슨 근거로?"

"박형석이 오피스텔을 구입한 시기가 10년 전이라니까. 그때부터 내연 관계였다면……"

"섣불리 판단할 순 없지. 만나는 여자가 계속 바뀌었을 수도 있고 경비원이 말한 여자와 박이 내연 관계라는 보장도 없으니까."

지모는 내 얼굴을 빤히 바라봤다. 직감을 믿고 덤비던 평소의 나와 다르다며 그는 의아해했다. 나 역시 같은 생각을 하고 있었다. 사람을 못 알아본다고 성격까지 바뀔 수 있는 걸까. 내 얼굴이 어두워지자 지모가 화제를 바꿨다.

"목격자를 찾으면 일이 좀 수월할 테죠?"

1팀 얘기였다. CCTV 조사만 벌써 일주일째였다. 나는 차창을 내렸다. 어둠이 내린 지 오래지만 바람 한 점 없었다. 〈쌍판댁〉이라는 간판을 단 한옥 주점도, 약국도 문을 닫았다. 뒤쪽에 있는 편의점 불빛만 골목을 비추고 있었다. 오피스텔은 그 맞은편에 있었다.

"목격자가 있다고 전적으로 믿을 건 못 돼."

아무리 억울하게, 잔인하게 살해당해도 죽은 자는 말이 없다. 기댈 것은 가해자와 목격자의 진술뿐. 그러나 결정적 단서가 돼야 할 이들의 진술이 오히려 사건을 미궁 속으로 몰아넣기도 한다.

작년 7월, 꼭 이맘때였다. 실종된 소년이 근처 산에서 시신으로 발견됐다. 같은 반 여학생은 소년이 등산모를 쓴 중년 남자를 따라 올라가는 걸 봤다고 했다. 그러나 또 다른 목격자인 산 밑 백숙집 주인은 소년이 친구들과 함께 갔다고 했다.

"둘 다 자신의 기억이 맞다는 거야."

"기억의 재구성이네요."

심리학 전공자답게 지모가 아는 체를 했다.

"뇌에 저장돼 있는 정보라는 게 각자 떨어져 있지 않거든요. 복잡한 네트워크를 이루면서 서로 연결돼 있어요. 이 네트워크가 꿈틀꿈틀 움직이면서 새로운 연결망을 만들어내는 거죠. 그렇게 기억이 재구성되는 거고."

"누구의 기억이 가짜고 누구의 기억이 맞는 건데?"

나는 물었다.

"거야 알 수 없죠."

그러니 수사가 방향을 잃을 수밖에.

때마침 소년의 친구인 김 군이 산에서 내려오는 걸 봤다는 목격자 제보가 있었다. 백숙집 주인의 진술이 맞다 여기고 형사들은 김 군을 추궁했다. 처음엔 집에서 만화책을 봤다 주장했지만 결국 자신이 소년을 죽였다고 자백했다. 그러나 면회 온 엄마에게 김 군은 말했다. 사람들이 다 내가 그랬대.

"초동수사부터 다시 시작했지."

"그래서 범인은 잡았어요?"

"다행히."

"누군데요?"

"등산모를 쓴 중년 남자."

"여학생의 기억이 맞았던 거네요."

다음 날 교대조가 나타나서야 철수했다. 지모는 나를 아파트 단지 앞에 내려주고 경찰서로 향했다. 수사 보고서도 작성해야 했고 김시호 사건 기소를 위해 검찰에 필요한 서류도 넘겨야 했다.

아파트 주차장을 가로질러 걷는데 발소리 하나가 따라왔

다. 다급하게 다가왔다 처지는가 싶더니 다시 바싹 따라붙었다. 나는 긴장했다. 화단을 지나 현관 출입구 계단에서 슬쩍 뒤를 돌아봤다. 나를 따라 계단을 올라오던 여자가 고개를 들었다. 나는 반사적으로 꾸벅 인사를 했다.

"안녕하세요."

여자 입에서 가느단 비명이 새어 나왔다. 여자가 내 팔을 꽉 잡았다.

"여보."

그와 같은 호칭으로 나를 부를 사람은 이 세상에 단 한 명밖에 없었다.

"이러지 마."

그녀의 표정이 순식간에 무너져 내렸다. 나는 의사 충고대로 아내의 신체적 특징을 기억해 외워두었다. 작은 키에 단발머리, 새하얗게 분을 바른 분통 같은 얼굴.

이 여자는 파마머리잖아. 나는 책장을 넘기지 못하고 계속 같은 페이지를 보듯 그녀를 봤다. 글자는 읽히지만 내용이 머릿속에 들어오지 않았다. 여자는 나를 내버려둔 채 사라졌다.

나는 아내가 하는 일을 정확히 알지 못한다. 나보다 돈을 더 잘 번다는 정도만 알 뿐이다. 덕분에 난 동료들 사이에서 시기와 부러움의 대상이 됐다. 하루 열 시간 넘게 모니터 앞에 앉아 있는 그녀의 눈 밑은 시커멓다. 피곤하면 기미는 더 두드러진다. 때문에 표정을 알아볼 수 없을 정도로 두껍게

화장을 한다. 그녀가 가까이 올 때마다 입을 다물게 된다. 분
가루가 내 목구멍 안까지 들어올 것만 같아서다. 밤이 되면
아내는 불을 끄고 나서야 세수를 한다. 아기는 내 집을 마련
한 후에,라고 한 것이 8년째다. 언젠가 그녀가 이혼을 요구
했을 때 차라리 안심이 됐다. 아내도 사람이구나, 싶었다. 직
업상 나는 정상적인 생활이 불가능했다. 벌이도 시원치 않았
다. 어떨 땐 왜 나와 살아주는 걸까, 의아하기도 했다. 그럼
에도 막상 헤어지자는 말을 들었을 때는 의문이 들었다. 왜
하필 지금일까.

  처음 그녀는 나를 착실하고 안정적인 공무원으로 알고 만
났다. 공무원에도 여러 종류가 있다는 걸 굳이 알리지 않았
다. 마음에는 걸렸다.

  "당신은 나를 몰라."

  홀리듯 그런 말을 했다.

  "걱정 마, 당신도 나를 모르니까."

  늘 조용하고 말이 없던 그녀가 던진 말이 그때는 달콤하게
들려왔다. 내가 하는 일을 알게 되자 역시 그녀는 나를 피했
다. 올 것이 왔구나 싶었다. 질질 끌지 않고 먼저 헤어지자는
말을 꺼냈다. 잠수교 아래 세워둔 차 안에서였다. 알록달록
한 그늘막이 우리 뒤에 있었고 눈앞에는 시커먼 콘크리트 기
둥들이 하늘을 가리고 있었다. 갈대들이 누운 채 흔들렸다.
마지막이 될 수도 있었지만 무슨 말을 해야 좋을지 알 수 없

었다. 스피커에서 흘러나오는 가볍고 경쾌한 피아노 곡이 귀에 닿는 대로 흩어져버렸다. 나는 와이퍼를 켰다.

"왜요?"

그녀가 깜짝 놀라 물었다.

"비가 오잖아요."

나는 비가 그치길 기다렸다.

나중에 안 일이지만 그날 수도권은 화창한 봄 날씨였다. 그러나 광나루 자전거공원 옆에 세워둔, 실내등이 켜진 구형 밴을 에워싼 한 평 공간에선 비가 내렸다. 그녀가 내릴 때까지도 와이퍼는 움직임을 멈추지 않았다. 2주가 지나서 그녀에게 연락이 왔다. 와이퍼, 아직 작동 중인가요?

입가에 항상 잔잔한 미소를 머금고 가지런하지 못한 치아를 다 드러내며 웃던 그녀가, 말도 어찌나 가만가만 하는지 귀를 바싹 가져다 대야 했던 그녀가 이혼 이야기가 나오고부터 달라졌다.

아내가 밥상을 차려놓고 모니터 속으로 들어가면 나는 비로소 식탁에 앉아 밥을 먹을 수 있다. 내가 물을 달라고 하면 그녀는 군말 없이 모니터에서 빠져나와 냉장고에서 물을 꺼내준다. 나와 눈도 마주치지 않는다. 아주 복잡한 문제가 우리 사이에 있는 것 같지만 또 그게 무슨 문젤까 싶기도 하다. 뉴스를 볼 때는 그나마 낫다. 내 입에서 방언 비슷한 말이 터지면 아내가 욕 좀 작작하라고 소릴 지른다. 그렇게 소리를 질러주는 것도 어쩌다 한 번이다. 이게 진짜 우리 관계다, 안심하는 내가 이상한 인간이라는 생각이 든다. 평범하지 못한 직업 탓만은 아니다. 부모가 이혼하고 오갈 데 없는 시기가 길어지면서, 피해 의식만 비대해졌다. 평소에는 지나치게 방어적이면서 조금만 잘해주는 인간이 있으면 너무 쉽게 믿어버렸다. 여러 번 낭패를 보고 남은 건 업무적 관계밖에 없다. 아니면 적대적 관계이거나. 아내와 살면서는 나도 남들과 다름없는 평범한 인생을 산다고 자부해왔다.

낯선 여자가 작은 단발 분통이 되어 나타날 때까지 나는 아파트 출입구 계단에 꼼짝 않고 서서 오랫동안 작동을 멈췄던 와이퍼 소리를 들었다. 사실 와이퍼는 그녀를 만나기 전부터 작동하고 있었다. 내 부모라는 사람들이 내 존재를 거부한 순간부터 줄곧 비가 내렸다. 차창에 부대끼며 까닥이는 와이퍼 소리를 들으며 나는 중얼거렸다. 그래, 너무 오래 직무를 유기했지.

자꾸 나를 소개하게 된다. 아침만 해도 오피스텔의 젊은 경비에게 인사를 하고 신분을 밝혔다.

"압니다, 알아요. 형사님 아닙니까."

"아, 예."

나는 어정쩡하게 대꾸했다.

"엊그제 봤을 때도 말씀하셨잖아요."

말을 하고 난 경비원은 물끄러미 나를 봤다. 나는 왜 그러시냐고 물었다.

"혹시 그때 그분이 아닌가 하고요. 분명 그 형사분인 것 같은데 또 자세히 보니 아닌 것 같기도 하네요."

경비원의 표정이 굳어졌다. 미안하게도 그가 만난 사람이 나라고 자신 있게 말할 수 없었다. 경비 업체에서 나온 이삼십대 젊은 직원들은 같은 제복에, 몸집도 비슷해서 구분해내기 쉽지 않았다.

"그분 맞아요."

한 남자가 다가와 시원스레 대꾸했다. 그제서야 경비원은 안심한 듯 고개를 끄덕이고 사라졌다.

남자가 근심 어린 눈빛으로 내 어깨에 손을 얹었다. 나는 그의 손길을 슬쩍 피했다.

"야, 내가 너는 안다니까."

지모의 체형에, 지모의 목소리를 지닌 남자의 얼굴을 바라봤다. 내가 안심하고 나서야 그도 안심한다. 차츰 내 상태에 적응해가고 있다고 느낀다.

검사 결과를 알기 위해 다시 찾아간 병원에서 의사는 말했다. 당장 죽는 게 아니면 사람은 다 적응하고 살게 되어 있다고. 의사 입에서 나올 만한 말이 아니다 싶었지만 지금까지 그에게 들었던 말 중 가장 긍정적인 멘트였다.

본부에서는 박이 살해된 날 아파트를 찾아온 사람들에 관한 조사를 마쳤다. 외부인은 단 두 명이었다. 한 명은 택배기사, 또 다른 한 명은 학습 교재를 파는 방문판매 영업 사원. 둘 다 신원이 확실했고 특별히 의심될 만한 게 없었다. 하는 수 없었다. 1팀은 박의 아파트까지 아홉 개 층 난간에 찍힌 지문을 조사하기 시작했다. 엘리베이터가 아닌 계단을 통해 침입했을 가능성을 찾는 동안 2팀은 박의 횡령 사실을 밝혀냈다. 증거도 찾았다. 포토숍 프로그램으로 계좌 이체 영수증을 위조하는 케케묵은 수법을 썼다. 박은 컴퓨터에 능숙하지 못했다. 공범이 있으리라는 추측이 나왔다. 마침 오피스텔 컴퓨터에 포토숍이 깔려 있었다.

박이 횡령한 것으로 드러난 20여 억 원의 이동 경로를 추적한 결과 가족이 있는 미국 현지에 저택과 요트를 사는 데 들어간 것으로 밝혀졌다. 내연녀가 공범이라면 박에게 이용만 당한 셈이다. 내연녀는 격분했을 테고 말다툼을 벌이다 우발적 살인을 자행했으리라는 것이 가장 그럴듯한 각본이었다. 살인의 동기를 확실히 갖춘 일급 용의자의 등장에 본부에선 촉각을 곤두세웠다. 막상 골목을 지키는 우리 앞으로는 도둑고양이 한 마리 얼씬대지 않았다. 태풍이 게릴라성 폭우를 뿌리고 소멸한 뒤 무더위가 계속되고 있었다.

"어제 일은 어떻게 됐어?"

나는 물었다.

"어떤 일이요?"

삼각김밥 포장을 벗기는 데 실패한 지모가 망연자실한 얼굴로 나를 봤다.

"김시호 형 말이야."

"아무래도 기소는 어렵겠는데요."

우유갑을 벌리지 않은 채 빨대를 꽂아보려고 애쓰며 지모가 말했다. 사건은 간단했다. 이웃에서 신고가 들어와 경찰이 출동했을 때 안방에서 육십대 남자의 시체가 발견됐다. 둘째 아들인 김시호가 거동이 불편한 아버지를 목 졸라 죽였다고 자백했다. 문제는 그의 형이었다. 그는 김시호와 함께 시체 썩은 내가 진동하는 집에서 밥을 먹고 잠을 잤다. 김시호가 형에게 둘러댄 거짓말 역시 허술하기 짝이 없었다. 처음엔 의심 없이 받아들였다 해도 하루 이틀도 아니고 석 달이다. 코가 뭉그러지고도 남을 시간이었다. 그의 형은 쓰레기 냄새인 줄로만 알았다고 했다. 당연히 사체 유기가 의심됐다. 아니 형제가 사건을 사전에 모의했을 수도 있는 일이었다.

"정황증거만 가지고 기소할 수 없답니다."

지모는 풀이 죽어 말했다. 우리는 입을 다문 채 물끄러미 서로를 봤다. 아무것도 건지지 못하고 아까운 시간만 버린 셈이다. 사건을 그대로 마무리하라는 반장에게 조사를 더 해보겠다고 고집을 부린 건 나였다.

"우리가 뭘 놓쳤지?"

심증은 확실한데 물증은 전무했다. 김시호의 증언과 형의 증언 모두 정확하게 일치했고 사체를 옮기거나 건드린 흔적도 찾지 못했다. 한숨을 푹 쉬는데 지열로 달아오른 콘크리트와 뒤엉킨 전선 사이로 누군가 불쑥 나타났다. 검정 민소매 원피스, 얼굴을 가리는 커다란 챙 모자. 여자는 오피스텔 앞에서 자취를 감췄다. 평소라면 내가 뒤를 쫓고 지모에게 정문 앞을 지키라고 했겠지만 이번에는 지모에게 쫓도록 했다. 생각했던 것보다 빨리 돌아온 내 파트너는 고개를 가로저었다. 엘리베이터가 5층에서 멈췄다는 것이다.

"홀수 층만 운행하는 엘리베이터 아냐?"

박의 오피스텔은 4층이었다. 지모는 아차, 하는 얼굴이었다. 나는 비상구로 달려갔다. 지모를 5층으로 보내고 나는 4층 복도를 살폈다. 숨을 크게 들이마시고 박의 오피스텔 벨을 눌렀다. 아무 반응도 없었다. 다시 내려와 큰길 쪽을 살피는데 검정 원피스 챙 모자가 좌석 버스에 오르는 게 보였다. 재빨리 차로 돌아와 시동을 걸었다. 마침 오피스텔에서 달려나오는 지모가 백미러에 비쳤다. 충분히 여유가 있음에도 불구하고 나는 그를 남겨둔 채 버스 꽁무니를 쫓았다. 도로 한가운데까지 달려온 그를 태우지 않은 이유를 스스로에게도 설명하지 못했다.

좌석 버스는 종로와 중구를 지나 어느 미치광이 노인네가 한순간 욱해서 잿더미로 만든 숭례문 로터리를 돌았다. 명

동, 삼청동, 동대문을 거쳐 신설동 로터리 쪽으로 빠졌다. 미
아삼거리를 지난 버스가 긴 신호 끝에 우회전한 뒤 육교를 백
미터쯤 지난 지점에 여자를 내려놓았다. 그녀는 손으로 모자
를 누르며 좌우를 살핀 다음 걷기 시작했다. 나는 육교 앞에
차를 세웠다. 아파트 단지들이 똑같다곤 하지만 골목의 과속
방지턱 위치며 벽에 붙은 헬스클럽 광고, 담벼락을 타고 올
라가는 넝쿨의 휘어진 모양까지 심하게 낯이 익었다. 그러나
이런저런 생각할 틈이 없었다. 여자는 끊임없이 위치를 바꿔
걸었다. 아파트 담벼락에 바짝 붙어 걷다 상가가 있는 바깥쪽
으로 붙어 걸었다. 여자는 꺾인 담벼락을 최대한 넓게 돌았
다. 나는 여자가 문을 열고 들어간 아파트 앞에 서서 심호흡
을 했다. 벨을 눌렀다. 시간이 약간 지나 문이 열렸다.

"일찍 왔네."

이번에 나는 허둥대지 않았다.

"혹시 여기 들어온 사람 없어?"

작은 단발 분통, 즉 내 아내가 분명한 그녀는 고개를 저었다.

"없어."

"정말 없어?"

내 목소리가 까칠해졌다.

"내가 잠깐 나갔다 오긴 했어."

나는 아내의 얼굴을 뚫어지게 봤다. 그날이었다. 아내를
알아보지 못한 채 죄송하다며 문밖으로 나선 날, 잠복근무

중 오피스텔에서 나오는 여자를 따라 집까지 왔던 걸 나는 기억해냈다. 내 머릿속은 아내가 이혼하자고 했던 5년 전으로 돌아갔다. 하필 박형석의 아이들이 미국 유학을 갔던 시점과 맞아떨어졌다.

나는 집 안으로 들어섰다. 재빨리 주방과 거실을 훑고 안방과 화장실 문을 열어봤다. 내가 집 안을 살필 동안 아내의 시선은 줄곧 내 발치에 머물렀다. 못마땅하다는 듯 내가 신고 있는 구두를 바라보다 욕실로 향했다. 나는 아내를 불러 세웠다.

"P 오피스텔 알아?"

어디에 있는 건물이라고 얘기도 하지 않았는데 아내가, 아내라고 생각되는 여자의 눈동자가 흔들렸다. 왜? 하고 묻는 목소리는 의외로 담담했다.

"알아, 몰라?"

초조한 건 나였다.

"알아."

시선을 피한 건 이번에도 나였다. 거기 사는 사람을 안다고 아내는 무뚝뚝하게 대꾸했다. 신발이라도 벗어,라고 한마디 할 법한데 말이 없었다. 대신 욕실에서 들고 나온 걸레로 어지럽게 찍힌 발자국을 신경질적으로 닦았다. 나는 자신 없는 목소리로 그녀를 내려다보며 물었다.

"아는 사람…… 누구?"

"당신은 모르는 사람."

걱정 마, 당신도 나를 모르니까. 오래전 그때처럼 나지막하지만 단호하게. 나는 더 이상 묻지 못하고 돌아섰다. 현관문을 열고 나와 복도를 거쳐 옆집 벨을 눌렀다. 아내의 하얀 얼굴이 등 뒤에서 나를 지켜보고 있었다. 옆집 여자가 문을 열고 나왔다. 무슨 일이냐고 묻는 말에 나는 아무런 대꾸도 할 수 없었다. 검정 원피스 챙 모자가 향한 건 분명 내 집이 맞다. 그러나 집에는 아내 말고 아무도 없었다. 따라서 여자는 내 집으로 들어가지 않은 게 맞다.

사건의 실마리는 생각지도 못한 쪽에서 풀렸다. 비상계단으로 드나든 사람들을 조사하다 보니 방문판매 사원의 지문이 난간 손잡이에서 나왔다. 박이 다녔던 학교나 살던 지역이 일치하는 사람들 명단에도 그 방문판매 사원이 있었다. 그는 박과 같은 고등학교를 나왔다.

경찰이 찾는다는 걸 알자 그는 전화를 받지 않았다. 회사에도 나타나지 않았다. 모두 여덟 명의 팀원이 두 대의 차에 나눠 타고 인적 사항에 기재된 주거지로 향했다. 내부순환도로에서 가까운 주택가였다. 문을 두드려봤지만 반응이 없었다. 사람이 없는지 불빛도 보이지 않았다. 밤을 꼬박 새우고 기다렸지만 아무도 나타나지 않았다. 어느새 동이 텄다. 계속 기다리기만 할 수는 없었다. 형사 둘이 현관문 앞에 바싹 붙어 섰다. 들리는 목소리는 남녀, 둘. 수신호와 함께 팀원들이 달려들었다. 나와 지모도 뒷주머니에 꽂아둔 알루미늄 몽둥이를 빼 들고 뛰어 들어갔다.

도주극도 추격 신도 없었다. 남녀는 얼어붙은 채 꼼짝하지 않았다. 여자가 주저앉아 울기 시작했다. 용의자는 순순히 실토했다. 동창이라는 걸 알면서도 박이 집 밖으로 쫓아낸 것에 앙심을 품고 그날 밤 다시 찾아갔노라고 했다. 그러나 범행은 부인했다. 반장이 직접 나서서 자백을 받아냈다.

개운치 않은 느낌이 든 건 나만이 아니었다. 지모 역시 찜찜해했다. 박의 내연녀로 추정되는 여자는 끝내 몽타주 밖으로 나오지 않았다. 따라서 내연녀가 있는지도 알 수 없게 됐다. 내연녀의 존재는 수사상 하나의 가정에 불과했으므로.

지모는 소주 석 잔에 혀가 꼬였다. 김시호 형에 대한 기소는 끝내 불발됐다. 그는 혼자서라도 조사를 해보겠다는 의지를 보였다.

"금치산자도 아니고 멀쩡하게 사회생활하는 이십대 머리 좋은 회사원이에요. 거동이 불편한 아버지가 갑자기 보이지 않는데 이상하다는 생각을 안 합니까."

시신이 발견됐을 때 김시호 형이 보인 반응이 떠올랐다. 한동안 어리둥절한 듯했지만 곧 침착해졌다.

"그는 분명 알고 있었어."

내가 말했다.

"그러니까요."

지모가 고개를 끄덕였다.

"하지만 그걸 밝힐 가능성은 없겠지."

"네?"

플라스틱 접시 위에서 토막 난 낙지가 꿈틀대는 걸 보며 나는 말했다. "동생의 말도 안 되는 변명을 정당화시켜서 뇌 속에 입력하고 받아들였던 건지도 몰라. 저번에 그랬잖아. 기억의……"

"재구성요."

지모는 마지못한 듯 대꾸했다. 여전히 이해가 안 간다는 얼굴이었다.

"그렇다 해도 시체 썩는 내가 진동하는데 음식물 쓰레기란 말을 믿을 수 있나요? 안방 문을 테이프로 붙여놓고는 한다는 변명이 베란다 창유리가 깨져서라는데, 그 말이 믿겨요? 의절하다시피 한 본가에 아버지가 갔다는 말을 어떻게 아무 의심 없이 받아들여요?"

"엄마가 어릴 때 집을 나갔다면서? 아버지는 전형적인 알코올홀릭에, 경찰서도 자주 들락거리고."

생각지도 않던 말들이 내 입에서 술술 나왔다. 절박한 그의 상황이 처음으로 내 일처럼 이해가 됐다.

"형제가 어떤 상태였을지 상상이 가지. 의지할 데가 서로

밖에 없었을 거 아냐. 아버지는 살해당하고 하나뿐인 동생은 살인자가 되는 걸 받아들일 수 있겠어?"

"하긴 진실보다 거짓이 더 믿길 때가 있죠."

지모는 마지못해 수긍했다.

"그럴 때가…… 있단 말이지……"

나는 술잔을 비우며 중얼거렸다.

날이 어두워지기 전에 우리는 자리를 털고 일어섰다. 계산을 마치고 밖으로 나갔다. 지모가 술집 바로 옆 계단에 앉아 있었다. 쪼그려 앉아 있는 게 처량 맞아 보였다. 경찰서에 찾아온 지모의 여자친구를 몇 번 본 적 있다. 시원시원하고 활달한 여자였다.

"오래가지는 않을 거예요."

지모가 하는 말은 늘 같았다. 지루하기 짝이 없는 그의 인생에 동참할 기질의 여자가 아니라는 것이다. 내가 보기에 문제는 지모에게 있었다. 그는 자신의 미래에 대한 확신이 없었다. 나뿐 아니라 모두가 아는 걸 지모 자신만 몰랐다.

"저번에 쫓아갔던 여자 말이에요."

담배를 물고 라이터를 든 채 지모가 중얼거렸다.

"놓쳤어."

나는 재빨리 대꾸했다.

"두 번 다 말이죠?"

착실한 내 파트너는 대답을 기다리는 얼굴이었지만 나는

할 말이 없었다. 담담하게, 그러나 솔직하게 말했다.

"미안해."

지모가 인상을 구겼다. 이제 내 일이 아니다 이겁니까, 라고 말하는 듯했다. 함께 일하는 동안은 보지 못했던 차가운 표정이었다. 내가 경무과로 발령받았다는 사실이 비로소 실감 났다.

대리를 불러 지모를 태워 보내고 나는 택시를 탔다. 부슬부슬 비가 내리기 시작했다. 내가 내리겠다고 하자 택시 기사는 당황했다.

"왜요?"

"비가 오잖아요."

내 말에 기사가 군말 않고 내려주었다. 별 미친놈 다 보겠다는 듯.

나는 비를 피해 바삐 걷는 사람들 얼굴을 유심히 살피며 걸었다. 그들 중 나를 아는 사람이 한 명쯤 있을 것 같았다. 역시나 뒤가 당겨 돌아보니 각진 얼굴에 검은 뿔테 안경을 낀 남자가 내게 시선을 보내왔다. 내가 인사를 하자 남자가 당황한 표정을 지었다. 그보다 당황한 건 나였다.

"절 모르세요?"

내 질문에 남자의 표정이 굳어졌다. 아는 사람인가 싶었는데 아닌 것 같다고 했다. 나를 빠르게 스쳐 갔다. 저기요, 나는 그를 불러 세웠다.

"아는 사람인지 아닌지 어떻게 안 거요?"

내 말투는 시비조가 됐다. 아는 사람이 아니라는 걸 어떻게 자신할 수 있을까. 남자는 대답할 가치도 없다는 듯 사람들 속으로 바삐 사라졌다. 온몸에서 힘이 빠져나갔다. 오늘 내게 말을 걸어온 얼굴들을 떠올렸다. 얼굴을 기억할 수 없으니 내가 떠올린 건 대강 짐작되는 연배와 성별, 머리 모양과 옷차림이었다. 어제 내게 말을 걸어온 낯선 이들도 떠올렸다. 그들은 나를 알까. 나는 정말 그들을 알고 있을까. 우리가 서로를 알아서 인사를 주고받은 걸까.

가로등이 하나둘 밝혀지더니 어느새 해가 저물었다. 비가 그치지 않았다. 나는 아파트 단지 담벼락 아래 주저앉았다. 이상했다. 아무도 우산을 들고 있지 않았다. 저만치서 아내가, 나를 마중 나온 게 분명한 그녀가 단지 내 주차장 쪽에서 걸어왔다. 너무 반가워 그녀를 향해 한걸음에 달려갔다.

"나라는 걸 어떻게 알았어요?"

아내 역시 기뻐서 펄쩍 뛰었다. 고무공이 시멘트 바닥을 울리는 것처럼 소리 없는 진동이 온몸으로 느껴졌다.

"내가 몰라보면 누가 당신을 알아보겠어."

나는 태연하게 말했다. 가로등 불빛 아래 드러난 아내의 얼굴을 본 순간 멈칫했다. 아내가 아니었다. 나는 두 눈을 질끈 감고 양팔로 그녀를 감싸 안았다. 그녀의 머리 위에 턱을 얹고 고개를 숙였다. 코끝이 그녀 정수리에 닿았다. 아내의 냄새가 맞다. 여보, 하고 부르자 그녀가 왜, 하고 대꾸했다. 아내의 음성이 맞다. 왜 우산을 들고 나오지 않은 거야, 이렇게 비가 오는데. 그녀는 아무런 대답도 하지 않았다. 미안해. 그녀의 침묵이 내게는 그렇게 들렸다. 아내가 맞아. 나는 되뇌었다. 아무리 낯설어도 내 아내가 맞아.

지구에서 가장 추운 도시

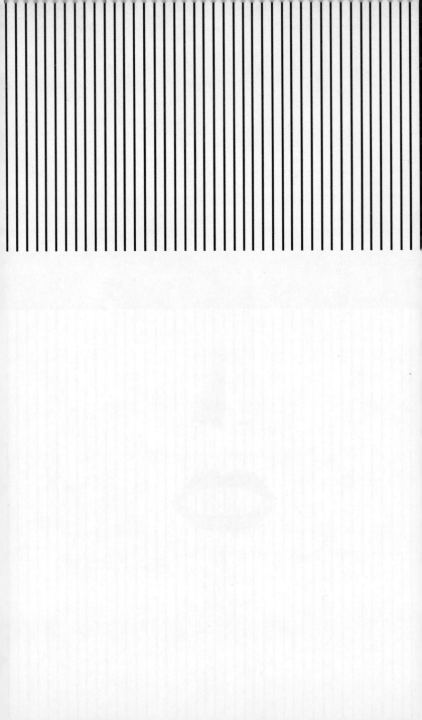

그는 비행기 트랩에서 내리자마자 얼어붙었다. 움직일 때마다 커터칼이 양쪽 뺨을 긁어대는 느낌이었다. 마중 나온 현지 직원 아르셴은 자신의 털외투를 재빨리 벗어주었다. 그는 타인에게 폐가 되는 걸 참지 못하는 성격이었지만 순순히 외투를 받아 입었다. 다운점퍼에 발목까지 오는 털외투를 껴입었는데도 무릎이 덜덜 떨렸다.

광폭 타이어를 단 지프는 공항을 빠져나와 설원 위를 달렸다. 아르셴은 평평한 얼굴에 물개를 닮은 순한 눈을 한 사십 대 후반의 몽골계 남자였다. 공모전에 공동으로 참여한 야츠쪽 설계사무소 담당자기도 했다. 아르셴이 공항까지 마중 나와준 게 개인적인 호의였다는 걸 그는 다음 날 시상식장에서

알았다. 그를 제외한 국외 수상자들은 참석하지 않았다는 것
도 그날 알게 됐다.

저기 강이 있습니다.

아르센은 차창 밖 지평선을 가리키며 말했다. 그의 눈에는
황량한 눈벌판일 뿐이었다.

그렇습니까.

그는 애매하게 고개를 끄덕였다.

저 강에 타워 전망대가 세워질 겁니다.

아, 그렇습니까.

차창 밖을 바라보는 그의 눈빛이 비로소 달라졌다. 현장
답사는 꼭 한다는 철칙을 고수하는 그였지만 이번만은 메일
로 보내오는 입지 조건과 지반 상태에 관련된 자료에 의지해
도면을 완성해야 했다.

가볼 수 있는 거죠?

지금 가면 오늘 안에 못 돌아와요.

아르센은 알 수 없는 기이한 미소로 잔뜩 부푼 그의 기대를
꺾어놓았다.

저기라면서요?

저기가 한참 저기라서.

보기만 가까울 뿐 실제로 먼 거리라는 의미였다. 그럼 내
일 식이 끝난 뒤에 가나요?라고 묻자 아르센은 머뭇거렸다.

가봐도 별 소용없을 텐데요.

왜요?

진짜 아무것도 없어요. 가보면 알아요.

그러니까 가봐야 안다는 거네요.

그는 못을 박듯 말했다. 달랑 상금만 챙기러 여기까지 온 건 아니었다.

그렇게 추운 도시까지 어떻게 가?

당선 축하 인사보다 더 많이 들었던 말이다. 도시 공화국 야츠를 알린다는 국제 공모전의 취지가 무색하게 참여한 건 서른 개 팀이 안 됐고 상금 역시 관심을 끌 만한 수준은 아니었다. 그는 자신을 걱정하는 사람들에게 웃으며 말했다.

티켓만 끊으면 비행기가 알아서 데려다줄 텐데 뭐.

안일했던 자신을 떠올리자 한숨밖에 안 나왔다. 아니 한숨조차 제대로 나오지 않을 만큼 야츠의 공기는 차가웠다. 그러나 야츠 시는 그의 진가를 처음으로 알아준 곳이었다. 그에게 인생은 이제부터가 시작이었다. 마음 맞는 친구와 설계 사무소를 개업해 자리를 잡아가는 중이었고 어깨가 처져 있을 때 손을 잡아준 의리 있는 여자친구도 있었다.

갓 태어난 불빛들로 가득한 거리로 접어들었다. 차가운 인상의 현대식 건물들이 모습을 드러냈다. 오후 3시가 지났을 뿐인데 지평선 가까이에 포진한 구름이 붉게 물들었다.

벌써 해가 지는 건 아니죠?

그의 질문에 아르센은 백미러로 하늘을 보며 말했다.

여기선 낮잠을 자면 안 돼요. 하루가 그냥 가거든요.

지프가 신호 대기 중일 때 그는 건물 베란다 곳곳에 차양처럼 드리워진 거대한 고드름 기둥을 발견했다. 뾰족하고 살벌한 어느 집 차양에 달린 고드름 아래 두 마리의 몸집 큰 개가 있었다. 엉덩이를 바닥에 붙이고 코를 맞댄 채 선연한 빛을 뿜어냈다. 개의 목덜미 털이 바짝 서 있는데 어쩐지 섬뜩해 보였다.

얼어붙은 거라고 아르센은 대수롭지 않게 말했다.

사람도 얼어붙는데요, 뭘.

농담이죠?

아르센은 그의 심정을 충분히 이해한다는 듯 대꾸했다.

농담 같죠?

술에 취해 정신을 놓거나 길을 잘못 들거나 오지 않는 버스를 하염없이 기다리다, 예고 없이 간혹 일어나는 일이라고 했다. 아르센의 영어 발음은 알아듣기 힘들었고 믿기는 더 힘들었다. 수은주를 영하 백 도 아래로 뚝 떨어뜨리는 북극바람을 재빨리 피하지 못하면 순간 냉동된다. 찾아 나선 가족이 온풍기를 뿜어줘야 두 발을 땅에서 뗄 수 있다는 말을 듣고는 묻지 않을 수 없었다.

아무도 발견하지 못하면요?

그대로 아이스맨이 되는 거죠.

그는 현지에서 보내온 자료 중 일부를 상기했다. 전망대가 세워질 부지 근처에서 자연 냉동 미라가 발견됐다. 당시에는 그저 조금 오래된 시체라고 생각했다고 한다. 얼굴이며 몸의 골격, 손가락 마디마디까지 형태가 그대로였다. 검사 결과 5천3백 년 전에 살았던 인류라는 게 밝혀져 세상을 경악게 했다. 유전자 정보를 통해 과학자들이 밝혀낸 건 32세, 혈액형 O형, 갈색 눈동자에 우유를 소화하지 못하는 유당불내증이 있음. 직업은 전사.

아르센은 한겨울에 사라졌던 동네 친구가 눈이 녹는 계절이 돼서 돌아온 일이 있다고 했다. 5천 년이나 기다리지 않아도 됐으니 운이 좋았다고 했다. 이번에는 농담이냐고 묻지 않았다.

그 역시 우유를 소화시키지 못하는 위를 가졌다. 32세, O형. 다만 전사가 아닐 뿐. 아르센은 자신도 O형이라고 말하며 처음으로 소리 내 웃었다. 그는 입을 다문 채 냉랭하고 쓸쓸한 거리 풍경을 바라봤다.

지프가 멈춰 섰다. 광장 맞은편에 호텔 네온간판이 보였다. 차 문을 열고 밖으로 나오자 발밑에서 차가운 공기가 연기처럼 뿜어 올라왔다. 귀가 먹먹하고 머리가 띵했다. 그는 아르센이 주차할 동안도 기다리지 못하고 뭔가에 홀린 사람처럼 호텔을 향해 달려갔다.

로비에 들어서자 얼떨떨했다. 그는 뺨과 목덜미를 미친 듯이 긁기 시작했다. 안정을 찾은 건 아르센의 도움을 받아 체크인을 한 뒤였다. 엘리베이터 문에 비친 남자를 보고 그는 뒷걸음쳤다. 털외투를 입고 있는 낯선 남자가 자신이라는 걸 알아보는데 시간이 걸렸다.

룸 컨디션은 그런대로 괜찮았다. 검소하지만 궁색해 보이지 않았고 이동이 불편하지 않을 만큼 공간이 확보되어 있었다. 그는 여자친구에게 전화를 걸었다. 한참 신호가 갔다. 서울에서 위도선을 타고 북쪽을 향해 곧장 올라오면 야츠가 있다. 모습은 완전 딴판이지만 같은 시간대를 공유한다. 야츠가 초저녁이면 서울도 초저녁이다. 자다 깬 목소리로 그녀가 전화를 받았다. 벌써 자는 거야? 하고 묻자 그녀는 어린아이처럼 꾸밈없는 목소리로 웃으며 말했다. 깜박 졸았어. 웃기를 멈춘 여자친구는 비로소 그녀다워진 맑은 목소리로 물어왔다.

거긴 어때, 많이 추워?

그때 그가 무슨 말인가를 했다.

안 들려. 좀 크게 말해봐.

그녀는 좀더 그가 하는 말을 잘 듣기 위해 전화 코드를 바싹 당기다 꿈에서 깼다. 그의 목소리를 들은 건 사고 이후 처음이었다. 꿈이긴 했지만 반가웠다. 그때 직진을 했어야 할 버스가 갑자기 좁고 어두운 골목으로 들어섰다. 버스를 잘못 탔다는 걸 알고 노선을 확인했다. 병원까지 가기는 했다. 한

참 돌아서 갔다.

뉴스 보셨어요?

한때 그와 동업을 했던 친구 조에게서 낮에 전화가 왔다. 강의와 강의 사이 쉬는 시간에 컵라면으로 허기진 속을 채우는 중이었다.

안 봤어요.

그녀는 나무젓가락으로 덜 익은 면발을 들어 올리며 말했다.

무슨 뉴스인 줄 아는 거예요?

조가 물었다.

모르지만 안 봐요, 뉴스는.

그녀는 나무젓가락을 그대로 내려놓았다. 상대는 얼른 대꾸하지 못했다. 조는 무슨 일인지 물어봐주길 바라는 듯했지만 그녀는 무시했다. 그가 사고를 당한 뒤로 뉴스를 보지 않았다. 침묵이 흘렀다. 전화가 툭 끊겼다.

철거 반대 플래카드와 담벼락에 스프레이로 쓴 글자들이 보였다. 버스는 언덕을 힘겹게 올라 한 번도 가본 적 없는 골목을 돌고 또 돌았다. 공사 중인 임시 펜스를 지나 갓길 없는 2차선 도로로 접어들자 버스는 속력을 내기 시작했다. 차 안에는 그녀와 운전기사밖에 없었다.

가긴 하겠지. 노선에 있으니. 그래도 방심할 수 없었다. 그녀는 기사의 뒤통수만 노려봤다. 똥물로 가득 찬 천변을 지나자 버스는 질주했다. 병원 건물이 모습을 드러냈다. 갑자기 그의 친구에게서 전화가 온 것도, 꿈에서 그의 목소리를 들은 것도 어떤 징조가 아닐까 싶었다. 누구에게나 기적은 일어날 수 있고 그날이 바로 오늘이 될 수도 있다. 버스에서 내려 병동까지 이어진 비스듬한 경사로를 단숨에 올라갔다. 그녀가 빨리 도착하면 기적도 그만큼 빨리 와 있을 것 같았다.

그는 대학병원 응급실에서 두 달을 있었다. 혼수상태에서 뇌동맥 파열이라는 진단이 내려졌다. 수술 후 인공호흡기를 달았다. 병원에서는 상황이 좋아지고 있다고 했다. 깨어나기만 한다면 생명엔 지장이 없을 거라고 했다. 깨어나기만 한다면……

비상계단을 이용해 4층까지 올라갔다. 병실 문을 열자 사람들이 일제히 그녀를 봤다. 그녀는 창가 쪽 침대로 곧장 걸어 들어갔다.

오셨어요?

담당 간호사가 다가와 인사했다. 그녀는 간호사 이마에 희끗하게 묻어난 콤팩트 가루를 물끄러미 바라보며 고개를 끄덕였다. 그를 담당한 첫날 간호사는 피가 안 나온다며 그의 양쪽 팔을 세 번씩 여섯 군데 찔렀다. 간호사는 찌를 때마다 민망해하며 웃었고 지켜보던 그녀는 당황해 웃었다. 보기에 따라서는 화기애애한 풍경이 될 수도 있겠다는 생각이 들자 어이없어서 웃음이 났다. 간호사는 웃음을 멈추지 못하는 그녀를 딱하다는 듯 바라봤다.

간호사는 영하로 뚝 떨어진 날씨에 유감이 많았다. 4월에 눈발이 날리는 건 말도 안 되는 일이지 않느냐고 했다. 나이트 근무를 할 때마다 날씨가 꼭 이 모양이라고 푸념하더니 쾌활하게 덧붙였다.

그래도 내일이면 풀린다네요.

언제나처럼 그는 죽은 듯이 누워 있었다. 그의 숨소리를 듣고 있으면 기쁨도 슬픔도 아닌, 실제도 환상도 아닌 오묘한 공간으로 빠져드는 느낌이다. 그녀는 당장 그를 흔들어 깨우고 싶은 충동을 억눌렀다. 수만 번도 더 해본 짓이었다.

인공호흡기를 단 지 3년이 지났을 때 그녀는 그와의 이별을 감행했다. 장례식장도 알아보고 납골당도 예약한 뒤 호흡기를 뗐다. 그러자 그는 스스로 호흡했다.

여러 사람들이 번갈아가며 그를 옆에 두고 사진을 찍었다. 웃으라고 해서 웃었다. 계속 웃고 있으라고 해서 그는 그렇게 했다. 식은 10분 늦게 시작해서 20분 만에 끝났다. 호텔에서 차로 15분 걸리는 거리에 시청 소강당이 있었고 거기서 식이 치러졌다.

적어 온 수상 소감을 말할 기회는 없었다. 열렬히 박수를 쳐준 20여 명의 직원들은 뒤도 돌아보지 않고 지하 식당으로 향했다. 그들은 독한 증류주를 맹물 마시듯 들이켰다. 과묵하던 사람들은 말이 많아졌다. 딱딱하고 억센 억양의 야츠

어가 그를 압박해왔다. 웃음소리가 커졌고 그때마다 동전을
한꺼번에 쏟아내는 소리가 났다. 그는 끝까지 예의와 격식을
갖추기 위해 애를 썼다. 그들에게는 하루의 이벤트일지 몰라
도 그에게는 모든 게 식의 일부였다. 그의 인생에서 잊을 수
없는 중대한 사건이었다.

붉은 수프와 양념한 고기는 그런대로 먹을 만했지만 잡곡
으로 만든 거친 흑빵은 도저히 씹어 넘길 수가 없었다. 딱딱
하기만 하고 아무 맛도 나지 않았다. 옆에 앉은 관료는 분투
하는 그를 보며 기분 나쁠 정도로 오래 웃었다.

밤이면 베개로 베고 잤다 아침에 일어나자마자 톱으로 썰
어 먹는 빵이라고 알려주었다. 아주 오래 씹어야 맛을 느낄
수 있다고 했다. 너같이 강단 없는 인간이 씹어 넘길 수 있는
빵이 아니다. 관료의 눈빛은 그렇게 말하고 있었다. 말소리
가 잦아들자 그는 타워 전망대가 언제 시공될 예정인지 물었
다. 잠시 그들만 아는 눈빛이 오갔다. 그러고는 침묵, 또 침
묵. 접시 부딪히는 소리와 술 넘기는 소리만 났다.

이제 천천히 해야죠.

그가 들을 수 있는 가장 성의 있는 답변이었다. 문제가 있
는 게 분명했다. 설계는 그가 했지만 시공은 현지 설계 사무
소에서 맡기로 되어 있었다. 아르셴은 한쪽 구석에 앉아 두툼
한 유리잔을 들고 있었다. 그는 아르셴을 복도로 불러냈다.
아르셴은 복잡한 문제가 있긴 하지만 해결할 수 없을 정도는

아니라고 덤덤하게 말했다. 단지 시간이 조금 더 걸릴 뿐이라고. 그의 머릿속이 복잡해졌다. 뽑고 보니 설계가 맘에 안 들었나? 설계 따위는 상관없이 시와 현지 설계사무소와 모종의 계약이 있었나? 브레이크가 걸리는 건 대개 공사비 때문이었다.

건축은 주문생산 체계다. 주문이 있어야 생산이 가능하다. 생산품 역시 고객의 요구가 반영된다. 다 쳐내고 설계 변경, 마감재 변경, 다시 설계 변경. 남는 건 이도 저도 아닌, 스탬프로 찍어낸 것처럼 똑같은 콘크리트 덩어리. 청사진 발표, 부지 잡기에다가 공사까지 벌여놓고 사업이 백지화되는 일도 흔하다. 그는 고지식하고 믿음직하게만 보이던 아르센의 얼굴을 새삼 바라봤다. 평평하고 아무 표정 없는 아르센의 얼굴은 좀 처지고 늘어진 느낌을 줬다. 자신이 아르센에게서 보고 싶었던 모습만 봐왔던 건 아닌지 의심이 들었다. 그를 비웃듯 등 뒤에서 동전들이 쏟아졌다.

근데 왜 아까부터 시계를 봐요?

의아하다는 얼굴로 아르센이 물었다.

설마 지금 거길 가보려는 건 아니죠?

안 돼요?

눈이 오잖아요.

아르센은 작은 눈을 반짝였다. 하늘이며 도로며 가로수 모두 하얗기만 해서 그는 몰랐다.

눈이 오면 못 움직입니다.

야츠에서 눈이 내린다는 건 도시에서 이루어지는 모든 외부 행위가 정지된다는 의미였다. 차도 행인도 보이지 않았다. 공항은 폐쇄됐고 철도 운행도 중지됐다. 적어도 사흘은 비행기가 뜨지 않을 거라고 했다. 이제 문제는 전망대 부지에 가보냐 마냐가 아니었다. 고객과의 약속을 지킬 수 없게 됐다. 아무리 바빠도 리모델링 도면을 끝마치고 출국했어야 했다. 조에게 급히 전화해 현지 사정을 알렸다. 조는 낮게 갈라지는 목소리로 천천히 오라고 했다.

무슨 일 있어?

그가 물었다. 조는 잠시 침묵했다 같은 말을 반복했다.

천천히 와.

그는 경기를 코앞에 두고 상대 선수가 갑자기 기권한 것처럼 힘이 빠졌다. 천천히 오라는 말이 여긴 네가 없어도 된다는 말로 들렸다.

4시가 지나자 눈보라 때문인지 어둡던 방 안이 환해졌다. 눈보라 속에서 검은 실루엣들이 느리게 움직이는 게 보였다. 털옷과 털모자로 중무장한 행인들이 힘겹게 걸음을 떼고 있었다. 거친 흑빵의 질감이 계속 입안에 남아 있었다.

냉동고 속에서 방금 꺼낸 꽁꽁 언 아침이 막 시작됐다. 조금의 장식도 허용하지 않겠다는 듯 썰렁한 식당 안에는 음악조차 없었다. 그는 창가 쪽에 자리를 잡았다. 창이라고 해봐야 아르셴의 눈을 닮은 작고 답답한 수평 창 하나가 다였다.

춥죠?

역시 아르셴과 눈매가 닮은 식당 직원이 빈 잔에 커피를 따라주며 그에게 말을 건넸다. 그는 고개를 끄덕였다.

감기 바이러스도 여기선 다 얼어 죽어서 없어요.

그럼 감기 환자가 없어요?

없어요. 감기에 걸렸다 하면 곧장 폐렴으로 입원하죠.

식당 직원은 몹시 자랑스럽다는 얼굴로 말했다.

다음 날 눈발이 잦아들자 그는 차를 렌트했다. 무기력하게 방에만 처박혀 있는 건 체질상 맞지 않았다. 그의 아버지는 낫을 들고 맨발로 밤 산행을 하던 사람이었다. 낫 하나만 있으면 어디든 갔다. 없는 길은 만들어서 갔다. 타워 전망대가 세워질 부지 위치를 확인받기 위해 그가 아는 유일한 현지인에게 연락을 했다. 아르셴은 눈이 그치면 데려다주겠다는 말만 반복했다. 지금은 차로 못 가는 길이라고 했다.

차로 못 가면요?

개썰매라면 갈 수 있죠.

아르셴의 말에 그는 웃었다.

차로 못 가는 길이 세상에 어딨습니까.

아르셴이 알아들을 수 없는 말을 다급하게 했다. 그는 전화를 끊고 중무장을 한 뒤 출발했다.

나이트 간호사가 복도 전등 스위치를 내리면 두 개 걸러 하나씩 등이 들어오고 병동의 밤이 시작된다.

침대 머리맡에 있는 스탠드 불을 막 끄려고 할 때였다. 규칙적이던 그의 숨소리가 거칠어지고 들이쉬는 호흡에서 쇳소리가 났다. 그가 희미하게 미소를 지었다. 입꼬리가 분명 올라갔다. 그녀는 병실을 나와 데스크로 향했다. 간호사가 한 명도 없었다. 돌아오는 길에 한 여자와 부딪혔다. 그녀보다 체구가 컸는데 어이없게 나가떨어진 건 여자 쪽이었다. 그녀가 무슨 말을 하기도 전에 여자는 그녀의 손목을 잡더니 다급한 목소리로 말했다.

잠깐만 와줄래요.

여자의 손에 이끌려 들어간 병실은 6인실이었다. 그의 침상과 같은 위치인 창가 오른쪽 침대에 한 남자가 누워 있었다. 여자는 흥분된 얼굴로 그녀 귀에 대고 말했다.

이 사람, 웃고 있는 것 같지 않아요?

그녀는 시키는 대로 희미한 빛에 비친 남자의 얼굴을 봤다. 여자는 그녀의 팔을 꽉 잡으며 다시 말했다.

웃고 있죠?

절박한 표정이었다.

네, 하고 그녀는 가만히 대꾸했다.

웃기도 하고 눈도 깜박이고 손에 힘을 주기도 하죠. 저희 남편도 그렇거든요.

7년째라는 그녀의 말에 여자는 입을 다물지 못했다. 7년을 꼼짝없이 누워 있을 수 있다는 생각은 해보지 않은 모양이었다. 그런 일이 있을 수 있고, 다름 아닌 자신에게 일어난 일이라는 걸 그녀 역시 믿을 수 없었다. 공모전 당선 소식을 듣게 된 날, 그에게서 프러포즈를 받았다. 4월에 내리는 보랏빛 눈, 시내버스 맨 뒤 오른쪽 창가 두 자리, 방지턱을 넘을 때마다 맞부딪히던 머리통. 그의 귀국이 늦어지자 설레던 마음이 걱정으로, 다시 불안으로, 잠 못 드는 밤으로 이어졌다. 다행히 그는 발가락 세 개만 잃은 채 살아 돌아왔다. 전력 질주하는 건 어려웠지만 걷는 데 불편한 정도는 아니었다.

그는 만나는 사람마다 자신의 발가락이 왜 일곱 개뿐인지 자랑스럽게 말하곤 했다. 그러나 좋았던 건 딱 거기까지였다. 그 이후의 일들은 기억하고 싶지 않았다.

크고 작은 설계사무소들이 문 닫기 바빴다. 다들 죽겠다고 할 때라 불평도 할 수 없었다. 말도 안 되게 경기가 얼어붙었다. 조는 전에 일했던 건설사에서 다시 와달라는 제의를 받고 떠났다. 그들의 아기도 떠났다. 아기는 한번 움켜쥐면 손바닥에 찐득한 설탕 가루만 남는 솜사탕처럼 불과 6개월을 그들 곁에 있다 사라졌다. 술에 취한 그에게 아기는 여전히 살아 있는 존재였다. 그래서 그는 술에서 깨길 바라지 않았다. 제발 술 좀 작작 마셔. 애는 자? 왜 이렇게 조용해? 이빨 닦고 잠이나 자. 헛소리는 꿈에서 하고.

직원들을 내보내고 친구마저 떠나고 난 빈 사무실에 앉아 그는 전화기만 노려봤다. 그에게 필요한 건 아주 작은 한 번의 기회였다.

밤마다 그는 할 말이 있는 사람처럼 그녀를 자꾸 앞에 앉혀놓았다. 그녀는 낭떠러지로 굴러떨어지는 차 안에 그와 있는 것 같았다. 언젠가는 충돌할 것이고 언젠가는 박살이 날 것이다. 차라리 그 순간이 빨리 왔으면 했다. 그러다 경찰의 연락을 받았다. 그는 집으로 돌아오는 전동차 안에서 쓰러졌다. 좌석에 앉아 있던 자세 그대로 바닥에 쿵. 누군가 휘파람을 불며 웃었다. 진탕 드셨네. 바닥에 쓰러진 채로 그는 지하철 노선 한 바퀴를 돌았다. 다행히 그때는 깨어났지만 다음에는 아니었다. 다 알아듣고 다 보고 있다. 하지만 그뿐이다. 왜까. 왜 아직 그는 숨을 쉬고 있는 걸까.

적어도 처음에는 그랬다. 3번 도로만 달리면 되는, 멀지만 복잡하지 않은 길이었다. 그는 비상등을 켠 채 설원 위에 찍힌 바퀴 자국만 따라 달렸다. 한 시간쯤 갔을 때 갈림길이 나타났다. 지도에는 없는 길이었다. 그는 오른쪽 길로 차를 몰았다. 10분도 가지 않아 공사 중 표지판이 나타났다. 도로가 막혀 있는 걸 확인한 그는 차를 되돌렸다. 선택의 여지가 없었다. 남은 또 하나의 길을 따라갔다. 눈발이 잦아들었다. 풀숲이 나타났다 사라졌다. 도로와 도로가 교차하는 지점이 지도에는 십자로 표시되어 있었지만 실제 길은 명확하게 90도 각도로 꺾여 있지 않았다. 야츠 어로 되어 있는 표지판도 도움이 안 됐다.

도로와 지도 사이에서 그는 적절한 판단을 내리고 선택을 해야 했다. 한 번이라도 잘못된 선택을 한다면 목적지에 도달할 수 없다. 잘못된 선택을 한다 해도 그 사실을 알 수 없다는 점이 그를 초조하게 만들었다. 얼마 뒤 그는 자신이 아무런 표지판도 없고 도로 표시도 없는 눈 위를 달리고 있다는 걸 알았다.

무작정 차를 세웠다.

강은커녕 눈이 시릴 정도로 적막한 풍경뿐이었다. 가봐도 별 소용없다던 아르셴의 말에 그는 수긍할 수밖에 없었다. 그간 찾지 못했던 인생의 실마리를 여기 오면 찾게 될 거라는 기대에 부풀었다. 공항 예약 시간표를 확인하면서, 블라디보스토크 공항에서 다시 갈아탈 항공기를 기다리는 동안, 아무것도 없는 눈벌판에 서게 되기 전까지 그는 응원의 목소리를 들었다. 그것은 그토록 목말랐던 세상으로부터 받은 최초의 인정이었다. 포기하지 말라는 격려였다. 여기를 목적지로 생각하면 목적지인 거다. 그는 그렇게 생각하기로 했다. 시간상으로만 본다면 다 온 셈이니까. 그냥 갈 수도 없으니까.

카메라를 챙겨 들고 밖으로 나왔다. 나오자마자 몸은 바로 동태가 됐다. 공기는 맑고 차가웠다. 어떤 불순물도 섞여 있지 않았다. 숨을 뿜으면 하얀 연기가 작은 구름처럼 뭉치면서 공중에 머물렀다. 그는 담배를 꺼내 들었다. 불을 붙였다. 여러 방향으로 셔터를 눌러댔다. 플래시가 터지지 않았지만 그는 태연하려 했다. 정상적으로 사진이 찍히는 게 오히려 이상한 일이지, 뭐.

그는 꽁초를 눈밭에 던지고 차에 올랐다. 역시 아르센을 닮은 눈을 한 렌터카 직원이 주의를 준 대로 시동을 꺼두지 않았는데도 시동이 걸리지 않았다. 욕이 저절로 나왔다. 그마저 공중에서 얼어붙었다.

두 시간이 속절없이 갔다. 자책과 자기 연민에 빠져 있어 처음엔 몰랐다. 다리가 굳었고 목도 따끔거렸다. 손발의 피가 모두 굳어버린 듯했다. 움츠린 어깨가 결려오기 시작했다. 움츠리면 움츠릴수록 어깨뼈가 으스러지는 느낌이었다. 심장마비가 왔으면 하고 바랄 정도였다.

이건 개죽음이야.

입술이 떨어지지 않아 속으로 중얼거리며 그는 차 문을 열었다. 그렇게 더 어리석은 선택을 했다. 눈밭을 무작정 걸었다. 눈썹과 머리카락에 서리가 내리더니 서로 엉켜서 단단한 얼음 결정체가 됐다. 점점 발목이 부어오르고 발등에 압박감이 느껴졌다. 주위는 무섭도록 고요했고 적막했다. 차 안에 있었다면 단 몇 분이라도 더 버텼을 텐데, 하는 생각이 그제야 들었다. 그래봤자 무슨 소용이 있나 싶기도 했다. 아르센이 그를 찾을 가능성이 있을까. 그러려면 그는 제대로 된 장소에 와 있어야만 할 것이다. 주위를 살펴봤지만 일말의 가능성도 없어 보였다. 불과 한 시간 전만 해도 그에게는 아무런 문제가 없었다. 그런데 갑자기 생사의 갈림길에 놓였다. 그때 그는 엉뚱한 생각이 들었다. 결코 죽을 리 없지만 어쩌면 지금이 죽기 가장 좋은 때인지 모르겠다. 눈으로 덮인 대지를 다시 서리 안개가 덮었다. 여섯 개의 가지로 뻗은 얼음 결정은 또 다른 얼음 결정과 만나 잔잔하면서 화려한 꽃문양을 만들어냈다. 까마득히 먼 미래에 발견될 혈액형 O형, 다갈색 눈동자의 아이스맨, 32세, 약간의 위염과 치질 있음, 개보수에 능함.

마감뉴스가 시작됐다. 그녀는 1층 대기실 소파에 몸을 웅크리고 누웠다. 활기 따위는 찾아볼 수 없는 병원 냄새, 죽은 공기로 가득했다. 응급실도 조용했다. 이동 침대를 끌고 가는 다급한 바퀴 소리도 들리지 않았고 주사스탠드를 밀며 그녀 앞에서 알짱대던, 머리를 완전히 민 어린 여자아이도 보이지 않았다. 의식이 막 흐려지려는데 그의 목소리가 들렸다. 환청이라고 생각했다. 물론 환청이었다. 그녀가 들은 건 아나운서 입에서 나오는 그의 이름이었다. 디자인 공모, 한국인 건축가, 타워 전망대. 단어들이 차례로 귀에 박혔다.

그녀는 상체를 일으켜 세웠다. 과거 동업자였던 조가 뉴스 어쩌고 하면서 말을 잇지 못한 게 이것 때문인가.

한번은 자정이 다 된 시각 그가 전화를 해서 혀 꼬부라진 소리로 말했다. 여기가 어딘지 모르겠다, 정말 어딘지 모르겠는데 그래도 집에는 갈 거다, 꼭 갈 거니까 걱정하지 말라고 했다. 5분도 지나지 않아 또 전화가 왔다. 어딘지 모르겠지만 집에는 꼭 갈 거야. 전화만 자꾸 하지 말고 제발 좀 오기나 해. 그는 집에서 불과 10분 거리에 있는 사거리에 주저앉아 있었다.

너도 여기 앉아봐.

그는 좋은 일이 있는 사람처럼 웃으며 그녀를 길바닥에 주저앉혔다.

한 타일공이 있었어. 이 남자가 전 재산을 털어서 땅을 산 거야.

당신, 어디 땅 사놓은 거 있어?

그녀 말에 그는 입을 다물었다.

농담이야, 농담. 근데 몇 평이었는데?

3.5평.

넓지는 않네.

이 타일공이 어느 날 갑자기 빈민가에 아주 작은 자투리 땅을 사서 필요 없어진 철근과 깨진 타일을 주워다가 탑을 만들었다고 한다. 밤과 새벽에 비계도 없이 맨손으로. 33년이 걸려서. 그러나 완성되자마자 미관을 해친다고 시에서 깨부쉈다는, 허구로 받아들이기에도 재미없는 이야기.

공든 탑이 무너진 거네.

그녀는 이해가 가지 않았다. 33년이나 걸려 만든 탑을 시에서 철거하겠다고 하는데 끝내 나타나지 않다니. 미친 거 아냐? 그런 게 아니야. 그는 답답하다는 듯 그녀의 양팔을 꽉 잡았다.

타일공이 나타나지 않은 게 아니지.

그럼 뭔데?

아무도 그를 찾아내지 못한 거지.

카메라는 쓸쓸한 설원을 비추고 있었다. 나선형 모양의 철근 구조물이 참 느닷없다 싶게 앵글 안으로 들어왔다. 자금 사정으로 인한 중단과 혹한으로 인한 연기, 우여곡절 끝에 타워 전망대가 완성됐다고 기자는 설명했다. 카메라 앵글은 다시 움직였고 30미터 높이의 망루에서 내려다본 설원을 비췄다. 텔레비전 속 카메라 앵글은 전망대 꼭대기에서 펼쳐진 풍경을 담아내고 있었다. 강의 지류가 뚜렷하게 드러났고 멀리 도시의 전경이 보였다. 무리 지은 도심의 불빛이 신기루 같았다.

뭐가 보여?

그는 선 하나를 그을 때마다 물었다. 공모전을 준비하며 자취방에 처박혔던 한겨울. 그는 책상 위 반듯하게 깔린 종이 도면에 선을 그었다. 그는 마우스보다 연필이 자신에게 더 큰 영감을 줄 거라 믿었다. 도면을 유심히 바라보던 그는 곧 연필 꼭지에 달린 지우개로 어렵게 그은 선을 지웠다. 지우개 가루를 훅 불고 각도를 달리한 다음 골똘히 바라보다 또 선을 그었다. 이번에는 뭐가 보여?

뭐가 보이냐며 묻던 선들의 실체가 그녀의 눈앞에 있었다. 30미터 높이의 망루. 또 뭐가 보인다고 해야 할까. 망루에서 본 눈벌판. 흡입 용량이 어마어마한 청소기로 싹 쓸어버린 듯 살벌하고 기묘한 풍경이 한없이 이어졌다.

추웠겠다.

그녀는 중얼거렸다. 순간 꿈에서 그가 했던 말이 기억났다.

아무리 추워도 거기만큼 춥지는 않지.

아이스맨이 될 뻔한 그를 살린 건 아르센이었다. 그는 입국 전 머물렀던 아르센의 집에 대해 말하고 또 말했다. 쌍둥이거나 연년생으로 보이는 비슷비슷한 키의 사내아이 둘과 안주인 주위를 맴도는 갈래머리 여자아이, 값싼 도배지가 발라진 울퉁불퉁한 벽과 어지럽게 춤을 추던 5촉 알전구, 안주인과 몸이 부딪히면서 아이들이 붉은 수프가 든 사기그릇을 깨뜨렸고 혼이 났고 시간 차를 두고 울음을 터뜨렸던 일. 그가 가장 선명하게 기억하는 건 아이들이 놀이하듯 돌아가면서 그에게 와서 하던 인사였다. 벽을 때리고 바닥에 떨어지면서 부서지던 목소리. 안녕하쎄요! 간신히 말을 하게 된 그는 아르센에게 내내 묻고 싶었던 걸 물었다.

대체 날 어떻게 찾아낸 겁니까?

아르셴은 왜 그런 걸 묻는지 모르겠다는 듯 눈을 깜박였다.

당신이 거기 있었잖아요.

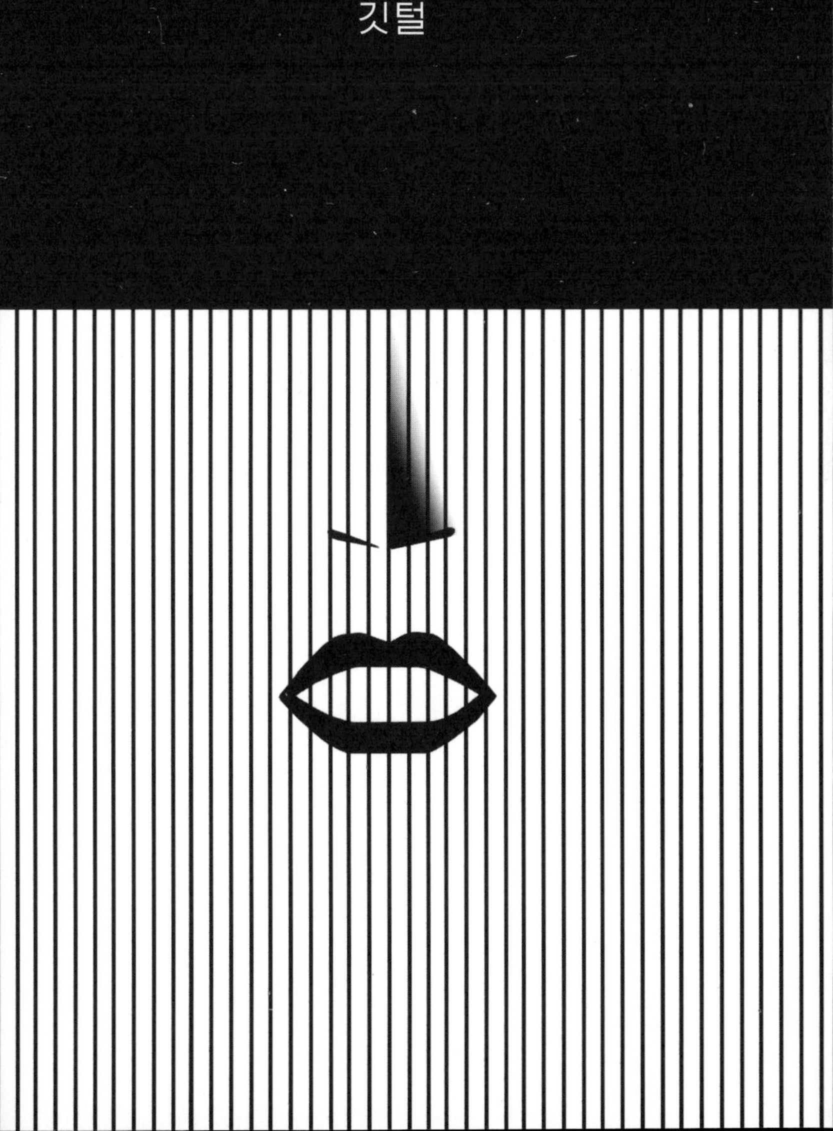
깃털

1

문제를 보기만 하면 바로 답이 나와.

조가 말했다.

그런 애다, 걔가.

걔가 누구냐면 조와 중학교 3년 내내 같은 반이었고 한때 짝이기도 했던 아이다. 조와 늘 함께 다니는 류도 박도 걔를 알았다. 그들은 같은 초등학교, 중학교를 다녔다. 걔는 서울 대보다 가기 어렵다는 과학고를 갔고 조와 류와 박은 대부분의 아이들이 그러는 것처럼 뺑뺑이를 돌아 고등학교를 배정받았다.

걔 얘기를 하도 많이 들어서 나도 걔를 안다는 착각이 들곤 했다. 아니 걔보다 내가 걔에 대해 더 잘 알 정도였지만 얼굴을 본 적은 없다.

개가 거기서도 1등을 한대?

내가 물으면 조와 류와 박은 제 일인 양 자랑스럽게 말했다.

당연하지. 1등들만 모인 데서도 1등을 하는 애다, 개가. 날 때부터 1등 자리에다 접착제를 붙여놓은 애라니까.

개를 안다는 이유만으로 조, 류, 박은 긍지와 자부심을 가졌다. 개는 중학교 3년 내내 학교 대표로 영어 말하기 대회, 과학탐구 대회에 나갔고 우승도 했다. 하지만 개의 주 종목은 수학이었다.

우리가 방정식을 풀 때 미적분을 풀었던 애다. 연습장도 필요 없다. 문제를 뚫어지게 보다 답을 쓱 써내니까.

설마.

와, 믿지를 않네.

니가 한번 개를 봐야 하는 건데.

나는 개를 모른다는 것만으로도 멍청이가 된 기분이었다. 한번 눈으로 훑기만 해도 책 내용이 개 머릿속에 데이터베이스로 깔린단다. 그만큼 놀라운 집중력을 가졌다. 한번 관심이 쏠리면 백과사전 한 질 분량도 문제가 되지 않는다는 거다. 아인슈타인이나 호킹, 베르그송에 관한 책이라면 이틀이고 3일이고 밤을 꼬박 새우고 봤다. 지극히 단순한 인간이 천재적 기량을 발휘하는 게 아닐까 싶다고 조는 말했다.

단순하다는 거야?

천재적이라는 거지.

어, 저기 걔 지나간다.

걔 얘기를 하면서 교문에서 나와 신촌 로터리를 걷고 있을 때 조가 기차역 쪽을 가리켰다.

어디? 어디?

내가 두리번거리자 류와 박이 웃었다.

벌써 갔지 임마. 걔가 얼마나 빠른데. 걔는 아무하고도 같이 다니지 않아. 왜냐고? 걔 보폭을 맞춰 걸을 수 있는 애가 없으니까.

그렇게 속은 게 한두 번이 아니다.

나는 수업 시간에 멍 때리다 가도 종종 걔 생각을 했다. 어떻게 생겼을까. 어떻게 웃을까. 좋아하는 음식은 뭘까. 조와 류와 박이 걔에게도 내 얘기를 했을까. 나는 걔 앞에서 걔라고 불릴까.

언젠가 조, 류, 박이 걔를 신촌역 시계탑 앞에서 보기로 했다면서 함께 가겠냐고 물었다. 하필 학원 보충이 있었다. 무리해서 따라갈 수도 있었지만 거절했다. 개에 대한 내 환상이 깨질 것 같았고, 걔가 품고 있을 나에 대한 환상도 깨질 것 같았다. 그때 우리가 서로를 만났어야 했는데……

결국 걔는 고2 때 자퇴를 했다. 그해 검정고시로 대학에 입학했고 1년 뒤에는 미국으로 가버렸다. 걔가 없는 신촌은 별거 아닌 동네가 되고 말았다.

2

나는 경영학을 전공했고 3년간 무역회사엘 다녔다. 고객사
와의 계약 서류에서 0 하나가 더 들어간 걸 확인하지 못해 회
사에 막대한 손해를 끼쳤다. 내가 사표를 쓰지 않으면 아내가
써야 했다. 아내는 내 사수였다. 사표를 쓰면서 이혼 서류에
도 도장을 찍었다. 아내를 원망하는 못난 나를 원망하면서.

퇴사를 하고 한 달이 지나 아버지가 돌아가셨다는 전화를
받았다. 심장마비였다.

장례식 첫날 밤 조, 류, 박이 달려와주었다. 조와 류는 건설
사에 다니고 있었다. 류의 손목에서 여자친구에게 선물로 받
은 크로노가 번쩍거렸다. 모두들 류를 부러워했다. 조는 한
여자와 깊은 관계에 이르지 못했고 박은 한 회사에 오래 붙어
있질 못했다. 뉴스 전문 라디오채널에 입사한 박은 월급이 적
은 게 고민이었다. 다른 길을 가면 다른 세상이 보일지 모른
다고 류가 말했다. 그럼 대학원이라도 갈까, 아님 중국으로
유학을 가볼까. 다 거기서 거기라고 조가 초를 쳤다.

뭐니 뭐니 해도 학교 다닐 때가 좋았다고 조, 류, 박은 입
을 모았다. 그들이야 꿀릴 것 없는 시절을 보냈는지 몰라도
나는 달랐다. 내게는 좋았던 기억이 별로 없다. 새벽 5시부터
일어나서 거대한 고깃덩어리를 썰던 아버지, 기계에 달린 전
기톱에서 나는 소리와 피 묻은 토시. 기계 돌아가는 소리가

날 때마다 내 살점이 썰리는 기분이었다. 아버지는 평생 그 일을 했다. 하루도 쉬지 못했다. 심장마비를 일으키던 날도 예외는 아니었다. 그렇게 가는 인생도 있었다. 나는 우울한 기억을 떨쳐내기 위해 화제를 바꿨다.

걔는 어때? 잘 지낸대?

잘 지내기만 하겠냐? MIT로 편입해서 나노테크놀로지 분야로 박사과정까지 마쳤대.

예상대로였다. 침울하던 분위기가 확 바뀌었다. 우리의 대화는 비로소 활기를 띠기 시작했다. 나는 그들을 한 번도 친구라고 생각해본 적이 없었다. 늘 그들끼리 친구였다. 그러나 지금은 아니었다. 우리 사이에 보이지 않는 장벽이던 걔가 이제는 우리를 끈끈하게 엮어주었다. 나이를 먹어도 우리에게 걔는 걔였다.

그럼 귀국할 필요 없겠네?

뭐가 아쉬워서 돌아오겠냐. 벌써 거액의 연봉을 받고 오클라호마에 있는 기업 연구소에 들어갔다는데.

소식을 전할 맛이 난다는 듯 조가 말을 이었다. 군사 관련 프로젝트를 수행하는 곳이라 거의 국가기관이나 다름없지.

끝까지 실망시키지 않네.

임마, 걔가 누군데.

계속 연락하고 있었던 거야?

내 질문에 조는 한 번도 들어본 적 없는 낮은 목소리로 웃었다.

걔가 우릴 상대하겠냐? 레베-루가 확실히 달라졌는데?

그럼?

기사에서 봤다.

그새 걔는 기사에 근황이 실리는 거물급이 되어 있었다.

구체적으로 걔가 하는 연구가 뭐야?

뭐 말해줘도 잘 모를 텐데,라고 거들먹거리면서 조가 아는 체를 했다.

말이라도 해봐.

나도 모르게 정색을 했다. 류도 박도 걔 소식을 모르고 있었다는 듯 조를 봤다.

필라델피아 실험이라고는 들어봤어?

치즈를 가공하는 실험이야?

무식한 녀석들.

조는 낮게 읊조렸다.

공간이동에 대한 연구잖아.

와, 하는 감탄사가 퍼져나갔다. 교실 안으로 들어온 최루탄 가스에 잠깐 수업이 중단됐던 때처럼 잠시 장례식장 안이 조용해질 정도였다. 걔다운 스케일이었다.

사실 걔와 중학교 때 같은 반이던 학원 친구에게 걔에 관한 얘기를 들은 적이 있다. 걔는 늘 주변에 열등감을 불러일으키는 존재였다. 그런 주제에 아이들의 사소한 말과 행동에 쉽게 상처받았다. 세상에서 공부가 가장 쉬워요,라고 말하는 얄미운 아이가 바로 걔였다. 그런 아이가 인정받고 주목받는 건 지극히 당연한 일이었지만 현실은 그렇지 못했다. 수학 선생이 칠판에 문제를 다 적기도 전에 걔 입에서 정답이 툭 튀어나왔다. 나비의 생태에 관해 선생이 말하면 걔는 곤충의 생태와 변태, 나비효과까지 한 달 배울 분량에 추가 설명까지 몽땅 해버렸다. 선생들에게 걔는 부담스러운 존재였다. 걔가 하는 말에 귀를 기울이고 받아준 선생이 있긴 했다.

의욕이 넘쳤던 신입 여선생으로 물리 전공자이기도 했다. 걔가 묻는 말을 모두 공격이라고 생각한 선생들과는 차원이 달랐다. 자신의 무지와 실수를 아이들 앞에서 솔직하게 인정하고 바로잡았다. 반에서 걔의 위상도 높아졌다. 그러나, 선생이 걔를 견뎌준 건 불과 한 학기였다. 새 학기가 되자 그녀는 완전 딴 사람이 됐다. 그동안 걔를 받아주는 게 버거웠던 것인지, 아니면 다른 선생들의 충고와 압박이 있었는지 알 수 없지만 아예 없는 학생 취급했다.

걔는 조용해졌다. 때때로 알 수 없는 말을 혼자 중얼거리기도 했다. 따라서 걔를 대단하게 여기던 시선들이 한순간 대단찮게 여기는 시선으로 바뀌었다. 그와 같은 상황에 가장 빠르게 적응한 이들이 조, 류, 박이었다는 게 학원 친구의 주장이었다. 그 뒤로 걔가 좀 이상해졌어. 급식을 먹다가도 훌쩍 사라지고, 수업 중에도 자리에 없고. 그런데도 누구 하나

뭐라는 사람이 없었어.

있어도 없는 거나 다름없던 나와 어떤 의미로는 같은 처지였다. 걔가 공간이동에 관심을 가지는 건 당연하고 자연스러운 일이었다.

건축에 '공학'이 붙었다고 다 공학도라고 할 수는 없었지만 아무튼 걔가 한다는 연구에 대해서는 그나마 조가 자세히 알고 있었다.

지금은 세계 곳곳에서 공간이동 연구를 하고 있거든. 시공간에 대한 패러다임이 완전히 바뀌는 일이잖냐. 일단 성공만 하면 수익가치가 어마어마하겠지. 연구를 반대하는 과학자들이 있기는 한다지만.

왜 반대해?

문제가 있으니까.

뭔데 문제가?

동일한 존재가 세상에 둘일 수 없다는 법칙이 있거든. 슈뢰딩거 파동식이 바로 이건데. 조가 씩 웃었다.

공간이동은 기본적으로 원본이 완전히 분해돼 사라지고 난 다음 복사본이 인터넷 망을 이용해 다른 장소에서 재조립이 된다는 거거든. 노골적으로 말하면 원래의 내가 없어져야만 새로운 내가 탄생한다는 거지. 내 몸에 담긴 모든 정보가 고스란히 조립된다고 해도 이걸 과연 나라고 부를 수 있겠냐는 거야.

아니라는 거야?

모른다는 거야.

조는 짧게 한숨을 쉬었다.

복사를 할 때마다 복사본의 복사본, 복사본의 복사본의 복사본…… 이런 식이 된다는 거지.

프린터 성능이 좋아야겠네.

그래서 공간이동 장치가 중요한 거지, 하고 조는 잠시 호흡을 가다듬었다.

그 기업 연구소가 인체에 주입하는 칩에 대한 사업을 진행하고 있거든. 관련된 모든 개발을 다 하고 있어.

그러니까 장치를 직접 몸에 넣는다는 거야?

나는 얼마 전 본 기사를 떠올렸다. DNA 염기서열의 패턴을 조작하고, 호르몬을 분비해 인간의 행동을 조종할 수 있는 것은 물론 칩에 내장되는 리튬 배터리를 완벽하게 충전하는 방식까지 연구를 마쳤다는 기사였다. 미래 산업에 대한 전망을 내놓는 시리즈 중 하나였던 이 기사를 조도 봤던 게 아닐까 싶었다.

그게 가능해?

류가 책상다리를 하고 심각한 얼굴로 물었다.

야, 지금이 어떤 세상이니? 전기 자동차가 나오고 투명 망토가 나오는 판국인데. 지구가 걔 손바닥 안인 거지. 상상만 해도 끝내주지 않냐? 머릿속에 떠올리기만 해도 원하는 곳에

갈 수 있다면.

절대 안 되는 일이라는 건 없다. 우리는 공상이 현실이 되는 일을 목격한 세대가 아닌가. 게다가 늘 엄청난 일을 해내고 현실의 괴로움 따위 없이 승승장구하는 친구가 기억의 어디쯤에 자리하는 것도 나쁘지 않았다. 걔는 실패할 리 없었다. 현실이 뭐가 그리 대단하다고.

우리의 걱정은 단지 점심에 뉴욕에서 스테이크를 썰지, 소박하게 방콕에서 팟타이를 먹을지 고민하는 정도였다.

밤이 깊어지면서 걱정도 깊어졌다.

지금까지 지구상에 존재하는 교통수단이 모두 사라지게 되면 어쩌나. 당장은 아니더라도 자식들이 선택할 직업에도 영향을 미칠 텐데. 이 나라 경제에 끼칠 영향도 고려해봐야 했다.

그러니까 언제 그렇게 된다는 거야? 우리가 죽기 전에는 되는 거야?

성격 급한 박이 비닐이 씌워진 테이블을 툭툭 치며 물었다.

글쎄, 그게 그렇게 쉽겠어?

류의 말에 조가 고개를 저었다.

무슨 소리야. 세상이 얼마나 빨리 돌아가는데.

3

부친상, 결혼식 같은 대소사가 그 시기에 몰려 있었다. 우리는 주말이건 평일이건 불려 나왔다. 손에 봉투 하나씩을 든 채 얼굴을 마주했다. 급한 성격대로 박은 결혼식도 올리지 않고 아들 돌잔치부터 했다. 그날의 하이라이트라고 할 수 있는 돌잡이에서 아이가 집어 든 건 장난감 야구방망이였다. 박은 불안할 정도로 실없이 종일 웃었다.

한 달도 지나지 않아 우리는 신촌 로터리 근처 술집에서 만났다. 등하굣길에 지나다니던 굴다리도 여전했고 오래된 기억이 덕지덕지 붙은 골목들도 여전했으며 취기 오른 알딸딸한 상태에서 바라보던 밤 풍경 또한 여전했다. 여전히 스산했다. 새 일자리를 찾아 떠나는 박을 위해서 우리는 조촐하게 건배를 했다.

제주 해안 절벽에 카페를 차린 사촌 형이 일을 봐달라고 했다는 것이다. 지금 받는 월급의 세 배를 주겠다는 거야. 다들 그런 친척을 둔 박을 부러워했다. 박은 아내와 아이만 두고 떠나는 걸 내키지 않아 했다. 지금이라도 빚을 내서 가게를 차려보면 어떻겠냐고 했다. 다들 망하기 딱 좋겠다는 우울한 전망만 내놓았다. 그를 보내지 못해 안달 난 것처럼 거기라도 잘 붙어 있으라고 충고했다.

박은 주는 술을 마다치 않고 마셨고 두어 시간 만에 인사불

성이 됐다. 그를 택시에 태워 보내고 맥줏집에 자리를 잡자 빗소리가 들렸다. 맥주가 테이블에 놓였을 즈음 빗줄기가 굵어졌다. 무너지는 축대, 붕괴되는 제방, 침수된 도로, 고립, 실종.

누군가 지구가 끝장날 거라고 주장한 날이기도 했다. 이번엔 뭔가 달라. 사람들은 말했다. 전반적으로 돌아가는 분위기가 영 심상치 않다고 했다.

두 달 전인 5월의 어느 화창한 아침이었다. 세탁소를 운영하던 오십대 남자는 스팀다리미로 바지 주름을 잡던 중 하늘의 계시를 받았다. 그는 계시에 대한 자신의 믿음을 확실하게 증명해 보였다. 종말의 날을 알리는 대형 광고판을 제작하는 데 평생 모은 재산을 쏟아부은 것이다. 하늘은 맑고 화창했다. 원래 그런 날이라야 재앙은 드라마틱한 법이다.

내 상태는 완전 엉망이었다. 그 즈음 나는 잡매니저 일을 시작했다. 지급되는 건 사무실에 책상 하나. 월 사용료를 내고 컴퓨터와 전화는 각자 설치했다. 그날 면접 약속을 잡아놓은 후보자가 아무런 통보도 없이 나타나지 않았다. 알고 보니 10만 원 더 준다는 곳으로 가버린 것이다.

축 처져 있는 나와 달리 조와 류는 들떠 있었다. 각자 다니던 회사를 나와 설계사무소를 차리기로 했던 것이다. 내가 알기로 조는 뭐든 다 따져야 하는 성격이고 류는 매사에 느긋했다. 좋은 게 좋은 거다, 어지간하면 덮고 가자, 하는 스타

일이었다. 반면 사업은 두루뭉술하게 가면 안 된다는 게 조의 생각이었다. 류가 코너에 몰릴 게 분명해 보였다. 그걸 예감한 탓인지 류의 얼굴이 밝지만은 않았다. 지구는 여러모로 대략 난감하게 돌아가고 있었다. 우리에게 필요한 건 분위기를 전환해줄 화제였다.

걔는 어때?

나는 기대에 차서 조를 바라봤고 조는 기대에 부응하기 위해 머리를 굴렸다.

얼마 전에 말이다,라고 먼저 치고 들어온 건 류였다. 일 때문에 요 근처에 왔었거든. 키 큰 남자가 나랑 계속 나란히 걷고 있는 거야. 마치 동행인 것처럼.

류의 목소리에서 조급함이 느껴졌다. 술잔을 비우는 속도도 우리 중 가장 빨랐다.

설마 걔였어?

왜 아니겠냐.

걔가 서울에 있다고? 그것도 이 신촌 바닥에?

아주 돌아온 건가?

조가 끼어들었다.

왜 있겠냐, 걔가.

비밀스러움이 가득 묻어나는 목소리였다.

드디어 성공을 한 거지.

술맛이 났다. 우리의 술맛을 좋게 하려고 걔가 승승장구하고 있다는 느낌이 들었다. 하긴. 지구가 두 쪽이 나도 개 같은 스펙으로는 실패할 수 없었다. 개는 우리처럼 주어진 것을 받아들이며 살 필요가 없었다. 개가 뭐에 관심이 있느냐에 따라 세상은 완벽히 새롭게 구성됐다.

어떻게 성공했다니?

조의 질문에 류가 머뭇거렸다. 뭔가 드라마틱한 스토리가 나와줘야만 할 분위기였다. 내 머릿속에 뭔가 불온한 생각이 떠올랐다.

개가 있는 곳이 오클라호마라고 했지?

그랬지.

나는 토네이도가 미국의 중남부 지역을 휩쓸고 지나간 일을 류에게 상기시켰다. 전방 수십 킬로미터 이내의 모든 건물과 지붕 들을 남김없이 주저앉히고 한 블록을 폐허로 만들었다. 보도 영상으로 본 피해 지역은 폐자재 더미 그 자체였다.

개네 연구소도 예외는 아니었겠지?

내가 물었다.

연구소 건물이 몽땅 날아갔지.

류는 비로소 생각났다는 듯 말을 이었다.

개가 연구실에서 창밖을 보고 있었거든. 막 자리를 뜨려는데 허허벌판에 갑자기 회색 기둥이 나타난 거야. 흐린 하늘에 짙은 회색 입자들이 슬그머니 한쪽으로 열을 맞춰 집결한 것처럼.

류의 표정은 눈앞에 회색 기둥이 있는 것처럼 심각해졌다.

이 회색 기둥이 무섭게 몸집을 불려간 거야. 꼭 토네이도 같다고 생각하는데 기둥이 슬슬 움직이기 시작하잖아. 어떤 일이 벌어질지 뻔히 알겠는데 몸이 안 움직이는 거지. 악몽 꿀 때랑 똑같이 회색 기둥이 벌판을 단숨에 넘어 건물 앞에 와 있었어. 창문에 불쑥 얼굴을 내민 게 뭐였는지 알아?

류는 조와 나의 눈을 번갈아 바라보며 미소를 지었다.

먼지를 잔뜩 뒤집어쓴 자동차 헤드라이트더래. 백색 눈썹 모양의 엔젤아이를 보고서야 걔가 뒤쪽 주차장에 세워둔 비엠인 줄 알았던 거지.

우리는 이해했다. 류가 늘 갖고 싶다고 노래를 부르던 차가 BMW5시리즈였다.

이제 끝이다 싶었는데 갑자기 눈앞에 새하얀 모래사막이 펼쳐진 거야.

토네이도 앞에서 성공한 거구나.

그런 거지.

류는 거품 가득한 새 잔을 단숨에 비웠다.

화이트샌드 사막이었던 거야. 모래언덕을 보고서야 딱 한 번 가족 여행 갔던 사막이 아닐까 생각했대. 애들하고 하얀 모래언덕에서 미끄럼 탔던 사진이 연구실 벽에 걸려 있었거든.

걔가 결혼했니? 아이도 있고?

다섯 살, 세 살.

가족들은 다 죽었겠네?

나는 무심코 묻고 말았다.

그랬대?

류가 내게 되물었다.

다 폐허가 됐다며?

그래, 그랬지.

류의 표정이 어정쩡해졌다. 조와 나는 긴장된 얼굴로 그를 바라봤다. 류는 가만히 고개를 끄덕이고는 말을 이었다.

다시 돌아왔을 때는 벼락 맞은 것처럼 갈라진 나무 꼭대기에 개가 출근하면서 벗어놓고 나온 티셔츠가 걸려 있었지.

류의 눈이 무섭게 빛났다.

둘째 아이의 자전거가 반으로 동강 나 있었고. 가족사진 한 장 건질 수가 없었어. 더 이상 개가 편안하게 잠들 수 있는 집이 아니었던 거지.

류는 갑자기 입을 다물었다. 감당 못 할 비극적인 일이 개에게 일어났음을 뒤늦게 깨달은 얼굴이었다. 개 앞에 펼쳐질 수도 있었을 찬란한 미래를 자신이 꺾어놓고 말았다는 걸 알아버렸다. 가족은 다 죽고 어찌어찌하여 개만 살아남은 거라면, 제정신으로 살 수 있겠는가.

하지만 개가 누구니?

조가 불쑥 끼어들었다.

그렇다고 좌절했겠니?

78

개는 그럴 위인이 아니었다. 우리들 머릿속에서 어깨를 늘 어뜨리고 있던 개가 힘을 냈다. 우리도 함께 힘을 내서 비어 가는 잔을 부딪쳤다.

성공을 하긴 했는데 문제가 있었던 거잖아. 그치?

왜 그랬는지 몰라도 나는 또 끼어들고 말았다.

문제?

조와 류의 시선이 내게 쏠렸다.

아니면 신촌 거리는 왜 헤매고 다닌 건데?

신촌 거리를?

류가 눈을 깜빡거렸다.

너와 만났다며?

아, 그렇지. 류는 말문이 막히는지 고민에 빠졌다.

모든 시간은 공간의 일부고 모든 공간은 시간의 일부인 거 잖아.

조가 설명했다.

개의 이동 장치는 같은 시간에 이루어진 게 아니었던 거야.

무슨 소리야? 공간이동은 되지만 순간이동은 안 된다는 거야?

내 말에 조는 작게 여러 번 고개를 끄덕였다.

이동을 하긴 했는데 하루가 지나 있기도 하고 한 달이 훌 쩍 지나 있기도 했던 거야. 아무리 편리한 운송 수단이라 해 도 도착할 시각을 정확히 알 수 없다면 누가 이용하려고 하겠어? 걔는 이동 장치의 오류를 바로잡기 위해 테스트하고 있는 거야. 세계 여기저기를 오가면서. 이동 거리와 시간의 데이터를 축적했고 데이터가 맞아떨어지는 공식을 찾아내기 위해 무수한 시간을 보내고 있는 거지.

그래, 그런 거였어.

그때 류는 알았을까. 자신이 아무런 반박 없이 인정함으로써 걔가 재래시장이며 기찻길 뒤 수제비집, 용돈깨나 가져다 바쳤던 찻집, 술집을 헤매고 다니게 됐다는 걸 말이다. 무작정 엉덩이를 걸치고 병나발을 불던 새벽의 길바닥들도. 어떤 미래가 기다리고 있을지 불투명한 채로 점점 원본에서 멀어지는 복사본이 되어가면서.

세탁소를 운영하던 남자가 계시를 받기 직전에 지역 방송국 라디오 진행자가 계시를 받았다. 인지도가 꽤 있는 인물이라 여파가 컸다. 가장들은 가산을 탕진했고 부부들은 이혼했고 아이들은 자살했다. 그들이 파멸로 향해 가면서 바란 것은 자신이 살아온 세계의 종말이었다. 이런 세상에서 아무리 콘크리트 스펙을 가진 개라도 멀쩡하게 살 수는 없겠지. 한편 수긍이 갔고 한편 속이 상하기도 했다. 우리는 술잔을 빠르게 비워갔다.

4

두 해가 가도록 조, 류, 박과는 연락 없이 지냈다. 나는 두 번째 아내와 헤어지고 다시 직장을 옮겼다. 그러나 사무실에서 신을 슬리퍼를 택배로 받기도 전에 때려쳤다. 택배를 찾으러 갔던 날 지하철 안에서 류의 소식을 알게 됐다.

뉴스 기사에 등장한 그의 증명사진을 봤다. 학사모를 쓰면 대개 그렇겠지만 그가 얼마나 준수하고 반듯하게 생겼는지 새삼 깨달았다. 인적 없는 골목에서 강도는 지나가는 여자를 전기 충격기로 위협했다. 비명을 듣고 달려온 류는 강도와 격투를 벌이다 쓰러졌다.

명복을 빕니다.

백 명 중 한 명은 말했다.

어리석은 희생이다.

또 다른 한 명은 말했다.

개죽음이다.

류는 죽지 않았지만 사람들은 그를 죽은 사람 취급했다.

조와 나는 의식 없는 류 앞에 나란히 앉아 이마에 맺힌 땀을 닦아가며 빨대로 주스를 빨았다. 박은 사촌 형의 카페가 지나치게 잘되는 데다 마침 성수기이기도 해서 쉽게 움직일 수 없었다. 류를 안타까워하는 박의 떨리는 음성만 바다를 건너와 병실을 울렸다. 조는 못 본 새 머리가 허옇게 셌다.

사업이 힘드냐?

접은 지가 언젠데.

그냐.

직원들 월급도 못 줬다. 고소장이 날아오더라. 월급 줄 돈이 없으면 사업 접어야지, 하니까 이 녀석이 엉엉 울더라.

조의 마음을 불편하게 하는 건 류가 사고를 당한 시점이었다. 류가 자신에게 미래가 있다고 생각했다면 막무가내로 강도에게 덤비지는 않았을 거라는 게 조의 생각이었다.

해가 지자 조와 나는 새벽까지 문을 연 감자탕집에 마주 앉아 있었다.

걔가 어떻게 지내는지 궁금하지 않냐?

조가 가만히 내게 물었다. 처음이었다. 내가 묻기도 전에 조가 걔를 언급한 건. 조의 말투로 봐서 걔의 근황이 밝지 않을 것 같았다. 그래도 용기를 내서 물었다.

잘 지내고 있겠지?

만났다.

조가 위태로운 미소를 지어 보이며 말했다.

걔를? 또 신촌에서?

할 수만 있다면 내가 걔를 만났다고 하고 싶었다. 걔는 우리와 다르게 잘 살고 있다고 말하고 싶었다. 하지만 나는 걔의 얼굴을 몰랐다. 만났다 해도 스치고 지나가버렸을 것이다. 걔를 만날 수 있는 건 지금 상황에서 조뿐이었다.

너 아냐? 가도 가도 끝이 없는 허허벌판, 그게 오클라호마다.

걔가 그러디?

검색을 좀 했지.

조가 씩 웃었다. 온도는 하루에도 40도 차이가 날 만큼 극과 극을 달려. 변덕 심한 사람보고 오클라호마 날씨 같다고 할 정도거든. 중심지라고 해봤자 2, 3층 건물이 20여 개 정도 있는 게 다야.

연구 같은 거 포기하고 걔도 새로운 인생을 사는 게 낫지 않을까?

나는 물었다.

걔도 그렇게 해보려고 했대.

잘 안 된 거야?

그게 그렇잖아.

조는 심하게 개에게 감정이입을 했다.

한번 도망치기 시작하면 계속 도망치게 되잖아. 조금만 문제가 생겨도 도망쳐버리는 거지. 모래사막으로. 정신을 차리고 다시 돌아가보면 이미 그 순간은 사라지고 걔가 거기 있어야 할 이유도 사라지고 없는 거지.

조는 니가 뭘 알겠냐는 눈빛으로 나를 봤다. 그래도 개의 이야기가 그렇게 허망하게 끝나서는 안 되는 거였다.

결국 성공하겠지?

내 말에 조는 움찔했지만 곧 미소를 보였다.

하겠지. 걔가 누구니.

목소리가 아련하게 울려왔다. 시계탑 앞을 걸으며 시시덕거리던 때가 떠올랐다. 당연히 성공할 것이다. 언젠가 세상을 바꿔놓을 것이다.

뜨거운 모래사막에도 뭔가는 살겠지?

나는 갑자기 궁금해졌다.

독수리, 올빼미.

감자탕집 벽에 붙은 텔레비전 화면에 펭귄이 등장한 걸 보고 조는 덧붙였다.

길 잃은 펭귄도.

나도 화면 속 펭귄을 보고 있었다. 펭귄이 있는 곳이 사막은 아니었지만 남극도 아니었다. 한여름 대공원의 펭귄들은 냉방 우리 안에서 꼼짝도 하지 않았다. 옴짝달싹 못 하는 비좁은 우리보다 뜨거운 태양 아래 모래사막이 더 나을 수도 있겠다는 생각이 들었다.

먹이를 찾아 남극해를 건너는 대모험을 감행한 걸까?

그랬을라나?

펭귄은 대모험을 감행했고 마침내 새하얀 모래사막에 이르게 된다.

근데 어떻게 모래사막에서 사냐?

내가 물었다.

어떻게 살겠어? 사막인데.

진짜 무식하네, 하는 얼굴로 조는 나를 봤다.

더위에 지쳐 쓰러지든지, 목이 타니까 흰 모래알을 빙산 위에 쌓인 눈인 줄 알고 파먹다 죽겠지.

말투가 상당히 무심했다.

실은 걔가 발견하고 꼭 안아서 남극에 옮겨다 놨대.

조는 밝게 웃었다.

그런 방법이 있구나.

나는 조금 안심이 됐다.

남극은 좀 어때? 빙하가 녹고 있다며?

아직은 춥대.

다행이네.

분명 남극에 옮겨다 놓긴 했는데, 조가 내 팔꿈치를 살짝 건드렸다. 그때 나는 알았다.

펭귄은 하얀 모래사막으로 다시 돌아와 있었구나.

류가 쓰러진 골목은 시간이 지나며 잊혀갔다. 스프레이 흔적도 사라졌다. 대기가 바뀌고 햇볕이 들어오는 각도가 달라졌다. 골목 감자탕집 들통에는 돼지뼈 국물이 끓어올랐다. 감자탕집 앞에는 전봇대가 있고 뒤쪽에 미용실과 부동산이 있었다. 세입자들이 부지런히 영업을 하고 돈을 버는 안마당에서 외발 비둘기는 사람들의 토사물을 쪼아 먹다 도둑고양이에게 머리가 깨끗하게 잘렸다. 희고 눈부신 깃털이 뽑어졌다. 며칠 동안 깃털은 점점 넓게 퍼져갔다. 또 다른 새벽, 거리는 말끔히 치워졌다. 연인들은 팔짱을 끼고 지나가다 깃털이 날렸던 자리에서 부둥켜안고 입을 맞췄다. 관광객들이 우르르 지나갔다. 엄마 손을 놓친 아이가 길을 잃고 전봇대에 기대 큰소리로 울었다. 아이에게는 세상이 무너지는 일이었을 것이다. 누군가 상가 건물 5층에서 떨어져 죽었을 때 흰색 스프레이가 시멘트 바닥에 뿌려졌다. 한 줄기 마른 모래바람이 스쳐갔다. 깃털 한 가닥이 내 손안에 홀연히 내려앉았다. 가운뎃손가락 길이만 한 그것은 깃털이라기보다 솜털에 가까웠다. 깃대와 안쪽 깃털은 희고 깃털의 맨 윗부분만 살짝 물이 든 것처럼 까맸다. 검정은 아니고 흑갈색에 가까웠다. 깃털이 닿은 손까지 함께 가벼워졌다. 이렇게 가벼우니까 사막을 건널 수 있는 게 아닐까, 생각하다 나는 엉덩이를 털고 일어섰다. 모퉁이 한번 잘못 돌아갔다가 언제 모래사막 위를 걷게 될지 모를 일이었다. 내가 똑바로 걷기 시작하자 세상이 비틀거렸다. 나타나는 건 자꾸만 막다른 골목이었다. 한참을 헤맨 끝에 간신히 골목을 빠져나왔다. 새하얀 몸체의 백화점이 빛을 내고 있었다. 사람들은 지하철역에서 빠져나오면서 하나둘 깃털이 되어 흩어졌다. 거리에는 무수한 깃털만 날리고 있었다.

빨간 눈

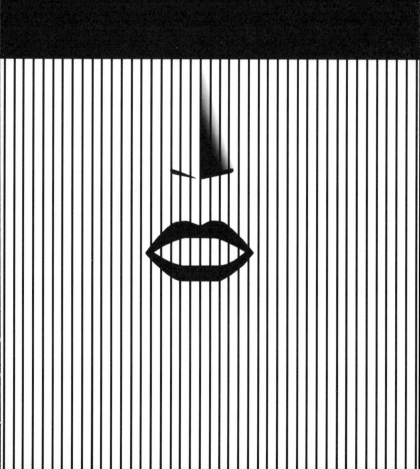

종일 창가에 달라붙어 있던 네가 눈에 선하다. 맞은편 오피스텔이 시야를 꽉 막고 있는 답답한 창밖 풍경을 너는 지치지도 않고 바라봤다. 어두워지면 나는 창문에서 너를 떼어낼 목적으로 산책을 갔다. 바깥 공기를 맡으면 너의 눈에 금방 생기가 돌곤 했다.

정해진 코스가 있는 건 아니었다. 오피스텔을 나와 도로 확장 공사와 지하철 공사가 한창 진행 중인 큰길 사거리를 지나, 낡은 저층 건물들이 늘어선 구시가지에 이르는 길가 어디쯤에서 우리는 유턴을 했다. 우리는 사람들 시선을 피해 빌딩 틈새나 차선 없는 좁은 도로로만 다녔다. 어쩌다 마주치게 되는 사람이 있으면 너는 그게 누구라도 다가가 말을 걸고 싶어 했다. 꼬리가 있었다면 정신없이 흔들었을 게 분명한, 대책 없이 환한 얼굴로. 한번은 좁고 어두운 골목에서 마주친 젊은 여자에게 손을 흔드는 바람에 가뜩이나 바쁜 여자의 걸음을 더 바빠지게 만들었다. 나는 조심하라고 너를 타일러보기도 하고 화를 내보기도 하고 너를 이해해보려 애를 쓰기도 했다. 그러니까 나란 인간이 원래 이렇게 해맑고 호기심이 많다는 거잖아.

나는 나를 주문했다. 너는 포장 없이 걸어서 내게 왔다. 주문한 상품에 두 다리가 달렸으니 어쩌면 당연한 방식이었다.

장맛비가 쏟아지는 우울하고 축축한 저녁이었다. 동행한 C바이오bio 직원은 너의 손바닥을 뒤집더니 무선 결제기같이 생긴 기계장치를 가져다 댔다. 생명선과 운명선 사이에 베트남 쌀 모양의 칩이 주입되어 있었다. 직원은 바코드를 확인시켜준 뒤 액정에 사인을 하게 했다. 경보기 크기의 작은 추적 시스템이 내 손에 넘겨졌다. 직원이 돌아가자 당연하게도 우리 둘만 남았다. 너는 숨을 할딱이며 몹시 떨었다. 바라보는 내가 다 숨이 찰 정도였다. 너는 인생의 반환점을 돈 마흔두 살의 나이이기도 했지만 이제 막 세상에 나온 생명체이기도 했다. 잔뜩 겁을 집어먹은 너를 보며 내가 잘못된 판단을 한 게 아닌가 걱정이 됐다. 처분하기 힘든 부실 자산을 끌어안은 건 아닌지. 내 앞에 나를 두고 느끼는 두려움,

책임감, 부정할 수 없는 부끄러움 범벅이 됐다. 그렇게 복잡한 감정을 느낀 건 살면서 처음이었다.

모든 건 장 대표가 툭 던진 한마디 말로부터 시작됐다.

어느 날 빌딩이 밀집한 거리 한 모퉁이에서 나는 정신을 잃고 쓰러졌다. 생활 습관을 바꾸지 않으면 같은 일이 반복될 거라고 의사는 경고했다. 내 심장이 언제 멈출지 모른다는 것이었다.

"백업을 해놓으면 안심이 되지."

장은 진지하게 말했다. 그는 내가 근무했던 회계 법인의 가장 큰 거래처인 C 유통업체의 대표였다. 나보다 다섯 살 위로, 순박한 생김새와 달리 다혈질에 바람둥이였다. 중요한 건 그가 엄청난 재력가라는 사실이었다. 태어날 때부터 일정 수준을 넘은 자산이 스스로 알아서 성장, 진화하고 있었다.

클론은 아직 연구 단계에 있다는 게 C바이오의 공식 입장이었다. 그러나 이 회사의 서너번째쯤 되는 대주주인 장은 내가 원하기만 하면 방법을 찾아보겠다고 했다. 그 말을 듣는 순간 너는 내 속으로 들어와버렸다.

회계 법인에서 독립하면서 직원을 여럿 뽑긴 했다. 막상 오너 입장이 되고 보니 내 일처럼 해줄 사람을 찾는 건 불가능에 가까웠다. 수습들은 일을 가르치며 월급까지 줘야 했고 일을 맡길 만한 직원은 조금만 수틀려도 이직했다. 반대로 내가 책상을 뺀 적도 있었다.

감가상각을 생각해도 10년. 10년이면 원금을 뽑고도 남음이 있었다. 게다가 혹 내가 잘못되더라도 사업체가 공중분해되는 일은 막을 수 있었다. 내 남은 인생에 타인을 끌어들일 생각도 없었고, 혹 생각이 바뀌어 동거인이 생긴다 해도 문제 될 건 없었다. 너는 언제든 폐기 처분이 가능했다.

너는 분명 있었다. 단지 내 앞에만 없었다. 어쩔 수 없이 술자리에 불려 가거나 결산 시즌이 되면 나는 의아했다. 어째서 네가 내 앞에 없는지, 왜 이 모든 걸 나 혼자 감당해야 하는지. 몹시 억울했다. 따라서 나는 너를 불러들일 수밖에 없었다.

소파에 잠자리를 마련했다. 주방에 약한 조명등만 켜두었다. 한참이 지나서야 뒤척임이 사라지고 고른 숨소리가 들려왔다. 나는 소파로 다가갔다. 내 망막이 어둠에 완전히 적응할 때까지 쪼그려 앉아 기다렸다. 나는 조심스럽게 너의 몸에서 담요를 거둬냈다. 발끝에서부터 눈으로 차근차근 훑어 올라갔다. 몸에 난 털과 점의 위치, 손금까지 나와 꼼꼼히 비교·대조해보았다. 하자가 없는지 상품 상태를 확인해야 했지만 거울 속에서 튀어나온 나를 보듯 너를 관찰하는 데 몰두했다. 벨트 위로 살짝 걸쳐지는 아랫배만 눈감아준다면 그런대로 잘 관리해온 신체와 이목구비. 밋밋해 보이는 인상, 각진 턱과 지나치게 큰 콧구멍까지 지나치게 낯익어 낯 뜨거운 윤곽선들. 새삼 내 눈에 들어온 건 고집 세고 꽉 막혀 어딘지 서글퍼 보이는 한 남자였다.

정신이 들었을 때 나는 카메라 셔터를 미친 듯이 눌러대고 있었다. 연민이나 미움이나 반감 따위 없이 생긴 모습 그대로의 한 인간이 앵글 안에 들어왔다. 셔터를 누를 때마다 지긋지긋한 나로부터 해방되는 느낌이었다. 갑작스런 셔터 소리에 놀라 너의 두 눈이 열렸다. 흔들린 너의 얼굴을 아무런 보정 없이 블로그에 올렸다. 충동적인 행동이었다. 한때 동인 멤버였던 친구가 사진을 퍼가면서 친절하게 '자화상'이라는 제목을 붙여주었다. 그때서야 내가 찍은 사진이 자화상일 수밖에 없다는 걸 알았다.

들으면 알 만한 유명 평론가가 내 사진에 대해 언급했다. 모든 사진은 결국 자화상이라고 사진가들은 말한다. 정작 자신에게 앵글을 들이댈 용기 있는 작가가 몇이나 될까?라고 시작해 어느 쪽으로도 치우치지 않고 균형감 있게 자신을 타자화해내는 솜씨가 놀랍다는 말로 끝을 맺었다. 예기치 못한 호평만큼이나 증식되는 의혹도 내 귀에 들려왔다. 논란이 된 건 앵글의 각도였다. 삼각대를 높여 찍는다고 나올 수 있는 구도가 아니라는 것이다. 나는 변명하지 않았다. 색을 좀 빼고 콘트라스트를 높이긴 했지만 사진을 찍은 건 분명 나였다. 찍힌 사람은 확실히 내가 아니었다. 그러나 사진에서 사람들이 본 것은 의심할 여지 없는 나였다.

장마가 가고 폭염이 지나갔다. 아침저녁으로 찬바람이 불기 시작할 때였다. 내가 소속되어 있었던 에이전시에서 연락이 왔다. 10년 만이었다.

너를 담은 사진 몇 컷이 사진 전문 웹사이트에 실리게 됐다. 창밖을 향해 한껏 웅크린 뒷모습을 역광으로 찍은 숏, 거울을 바라보는 너를 역삼각 구도로 잡아낸 숏. 자화상 연작은 꽤 호응을 얻었다. 디지털 사진전, 기획초대전에도 출품됐다. 나는 스스로를 탁월하게 타자화해낸 자화상 작가로 알려지기 시작했다. 불과 서너 달 사이에 벌어진 일이었다.

내 신상의 변화만큼이나 너의 변화도 놀라웠다. 아침이면 너는 기뻐할 준비를 한 채 깨어났다. 하루가 다르게 대범해져갔다. 놀라운 집중력으로 주변을 관찰했고 낯선 것들에 금방 익숙해졌다. 늘 나를 앞질러 걸으면서도 더 멀리 가고 싶어 안달했다. 그러다 갑자기 불안한 얼굴을 하고 뒤를 돌아봤고 나를 확인했다.

"완전 화산 분출이야."

나는 주하가 내 뒤통수를 보며 했던 말을 떠올렸다. 엇비슷한 위치에 놓인 쌍가마 모두 분화구 같았다. 내 뒷모습을 앞에 두고 산책을 즐기는 기분은 아주 야릇했다. 비현실 속을 걷는 느낌이랄까. 시간이 지나면서 비현실에 익숙해졌고 익숙해진 비현실은 곧 내게 현실이 됐다.

잠이 깨면 집 안을 꽉 채우는 또 다른 나의 숨소리. 목이 말라 냉장고 앞에 서기라도 하면 어느새 내 옆에 서 있던 너. 내

침대로 숨어들어와 잠이 든 너. 날 이해시킬 필요도, 설명할 필요도 없었다. 나는 아니지만 타인도 아닌, 설명할 수 없는 존재였다. 그게 어떤 느낌인지 너도 곧 알게 되겠지만.

잠을 자거나 산책할 때를 제외하고 나는 회사에서 그러는 것처럼 대부분의 시간을 모니터 앞에서 보냈다. 장의 소개로 거래를 튼 IT 회사는 처음부터 원하는 숫자를 들이댔다. 거기에 맞춰 세금이 나오도록 재무제표를 만들었다. 작년 말, 신고 된 매출이 부족하다는 이유로 대출이 어려워지자 사장이 쫓아와 재무제표를 이따위로 만들었냐며 사무실을 뒤집어놓고 갔다. 얻는 게 있으면 당연히 잃는 것도 있다. 그러나 성질 급하고 욕심 많은 사장은 그 일로 아무것도 배우지 못했다. 해가 바뀌자 다시 같은 상황이 반복됐다. 나는 출근하면서 네가 해야 할 일을 잔뜩 주고 갔다. 내 명석한 DNA 덕이겠지만 너는 끊이지 않는 숫자의 행렬을 깔끔하게 정리했다. 짬짬이 청소를 하고 세탁기를 돌렸다. 어느 날 너는 숙취로 잠자리에서 일어나지 못하는 내게 콩나물국을 끓여주었다. 맹탕인 줄 알았는데 제법 맛이 났다.

"무슨 짓을 한 거야?"

나는 더럭 겁이 났다.

사실은, 하고 장은 내게 실토했다. 보정 과정을 거치지. 예전에 말이야, 어떤 인간들이 지들 맘에 안 들게 군다고 친구를 불러다 쇠막대로 쳐 죽인 일이 있거든. 대단한 부모들을 둔 덕에 세상에 잘 알려지지는 않았지만. 시신을 쓰레기봉투에 넣어서 풀숲에 유기를 한 거야. 경찰이 왜 그랬냐고 물으니까 쓰레기봉투에 넣어버리면 환경미화원이 조용히 처리할 줄 알았다나. 그러면서 뭐랬는 줄 알아? 짜장면은 소화가 안되니까 볶음밥을 시켜달라고 하더래. 얘들이 미성년자라고 15년 형을 선고받았거든. 인간이 그래. 예측 불허야. 이것들이 한 쌍 더 있다고 생각해봐. 세상 꼬라지가 어떻게 돌아가겠어? 감당이 되겠어? 회사 입장에서도 골치 아프지.

"제한조건 같은 게 있어야겠네요?"

"뭐 그럼 좋겠지만. 일정 기준을 넘어서는 성향은 보완이 되도록 하지."

장은 언젠가 한강에서 투신한 두 명의 쌍둥이 이야기도 꺼냈다. 한 구의 시신에서 바코드가 읽혔다고 했다. 일반인들이야 사건 내막을 몰라도 이쪽 계통 사람들 사이에서는 흉흉한 소문이 돌았다. 그때 주식도 바닥을 쳤다. 정말 억울한 건 회사였다. 바이오들은 스스로 죽음을 선택하지 않기 때문이다. 오히려 죽음의 성향을 강하게 가지고 있는 DNA로부터 바이오들을 보호하는 최소한의 조치를 취한다. 회사로서는 상품가치를 유지하고 보호해야 하니까. 하지만, 하고 장이 웃었다. 음식을 잘 만든다거나 호기심이 많다거나 하는 디테일한 성향까지 관여하지는 않아. 아직 그럴 기술도 없고.

"그럼 뭡니까?"

장은 왜 자신에게 그런 걸 묻냐는 얼굴이었다. 오히려 내가 그에게 설명을 해야 할 판이었다. 어머니가 요리하시는 걸 별로 즐기지 않으셨지? 장은 능글맞게 웃었다. 보험 사업에 열심이셨다. 가사 일, 특히 주방에서 해야 할 일들을 몹시 성가셔했다. 지금은 겉이 번지르르하고 입맛 까다로운 중늙은이를 만나 간장게장에 물김치까지 담그는 어머니를 과거에는 상상할 수 없었다. 그녀가 나를 위해 주방에서 한 일은 전자레인지를 돌리거나 소금이 한쪽에 쏠린 계란프라이를 하는 정도였다.

생각난 김에 어머니와 통화를 했다. 어릴 적 얘기를 꺼내자 그녀는 대뜸 말했다. 뼈 빠지게 공부시키고 키워줬더니 받은 게 없다네. 미친놈아, 넌 틀렸어.

새벽부터 내린 눈이 한 뼘 넘게 쌓인 주말 오후였다. 눈 때문에 흥분한 너는 나를 한참이나 앞서서 걸었다. 어느 상가 건물 앞에서 네 걸음이 멈췄다. 네가 멈춘 지점에서 나도 멈춰 섰다. 노란색 피아노 학원 가방을 맨 열 살가량의 사내아이가 건물 계단에 서 있었다. 아이는 한 계단 올라서서 뒤를 돌아봤고 다시 한 계단 올라서서 뒤를 봤다. 계단 위에 어지럽게 찍힌 발자국들 중 제 발자국을 찾는 모양이었다. 비쩍 마른 데다 얼굴까지 창백했다. 다른 발자국들이 다 사라지고 어느 지점부턴가 아이의 발자국만 선명하게 찍혔다. 아이는 자신의 발자국만 보는 데는 흥이 나지 않는지 계단을 쪼르르 내려가 여러 사람의 발자국이 어지럽게 찍힌 계단 앞에 다시 섰다.

"아이가 있음 좋겠지?"

너의 목소리는 활기를 띠었다.

"이미 있어."

나는 잘라 말했다.

"어디에?"

"아이 엄마와 살지."

"왜 함께 안 살아?"

"엄마와 함께 산다니까."

내 아이가 자신의 발자국을 찾아 뒤를 돌아볼 만큼 크다면 어떤 모습일까 잠깐 생각해봤다. 나뭇가지가 제법 흔들렸고 바람에 날린 눈이 위로 올라왔다. 아이는 건물 안으로 사라진 지 오래였다. 그만 돌아가자. 너는 내 말을 듣지 못한 것처럼 아이 엄마와는 왜 함께 살지 않냐고 물었다.

만나는 사람 모두와 관계를 지속할 순 없으니까. 계속되는 관계는 없어.

너는 나를 물끄러미 바라봤다.

어깨가 뻐근할 정도로 지쳐서 깬 어느 봄날 오후였을 것이다. 나는 사무실 모니터에서 사진 한 장을 발견했다. 프레임의 오른쪽 끝, 살짝 벌어진 암막 커튼 사이로 빛이 들어오고 있는 새벽의 침실. 햇살의 곧은 선이 닿는 벽면을 모두 베어 버리고는 두 개의 젖무덤 사이에서 스스로를 굽혀 그 너머로 사라졌다. 얼굴은 어둠에 완전히 가려졌지만 주하라는 걸 알아보는 게 어렵지는 않았다. 왼쪽으로 살짝 기울어진 어깨, 젖이 돌기 시작하면서 부풀어 오른 가슴. 작가는 나도 알고 그녀도 아는 사진 동인 멤버였다. 설명을 요구하자 주하는 사진에서 시선을 떼지 않은 채 말했다.

"아름답지 않아?"

그녀의 얼굴에 흐뭇한 미소 같은 게 번졌다. 나는 할 말을 잃은 채 양쪽 대칭이 완벽하게 맞는 그녀의 두 눈을 한동안 바라봤다. 뭔가 뜨거운 것이 내 머리 위에서 불타고 있었다.

나는 싫다는 그녀를 끌고 한강으로 차를 몰았다. 내가 저를 한강 다리에서 떠다밀기라도 할 줄 알았는지 그녀는 신호 대기 중 차 밖으로 뛰어내렸다.

주하가 원하는 대로 친권과 양육권을 포기했다. 그녀는 매달 보내는 생활비와 양육비를 거부하지 않았다. 주위에서는 친자 확인이라도 하라고 했다. 그나마, 끔찍하게 증오하다 헤어진 건 아니잖아? 나는 그렇게 위안 삼았다. 실은 줄곧 주하에게 연락이 오길 기다렸다. 그러나 내가 연락을 하지 않으면 그녀도 연락하지 않았다. 물기 머금은 그녀 목소리를 듣기 위해 송금을 늦춘 적이 있었다. 무슨 생각이 들었는지 한밤중에 그녀가 내게 사진 파일을 보내왔다. 온통 눈물범벅이 된 시뻘건 얼굴의 아이가 나를 바라보고 있었다.

다음 장마와 그다음 장마가 올 때까지 모든 게 순조로웠다. 첫번째 사진전을 치르고 나서 내 시선은 바깥으로 향했다. 내가 훌쩍 떠날 수 있기 위해서는 너에게도 그만큼의 자유를 주어야 했다. 바코드는 너에게만 심어져 있는 게 아니었다. 내 몸에도 나를 증명하는 베리칩verification chip이 있었다. 역시 쌀알 크기였다. 너는 내게서 일정 거리 이상 떨어질 수 없었다. 나 역시 마찬가지였다. 그러나 인간도 복제하는데 베리칩 하나 복제하는 일이 어렵겠는가. 너와 나는 똑같아졌다. 다른 게 있다면 출생지 정도였다.

나는 휴대폰도 차도 너에게 넘겼다. 대신 새 휴대폰을 구입해 내게 오는 전화와 메시지가 뜨도록 앱을 깔았다. 시간이 지나자 그마저도 귀찮아 삭제해버렸다.

나는 먼지와 소음으로 가득한 도시를 떠났다. 열정적으로 출사를 다녔다. 에이전시의 권유가 있었다. 누구나 꿈꾸는 삶이었지만 반년도 지나지 않아 지쳤다. 피로감이 쌓였다. 바닷바람도 파도 소리도 지긋지긋했다. 잠깐잠깐 머무는 여행은 단지 타인이 스치고 지나가면서 바라보는 것 이상을 담아낼 수 없었다. 내게는 그 정도 능력밖에 없었다. 사진을 포기할 때 느꼈던 좌절감만 다시 확인했을 뿐이다. 불안정하고 불안한, 모호한 모든 것들이 내 숨통을 막고 있었다. 불투명한 미래에 나를 걸 정도로 나는 순수하지도, 무모하지도, 그만큼 젊지도 않았다.

끔찍할 정도로 평화로운 아침이었다. 지옥 같은 고요함 속에서 나는 남길 가치가 없는 사진을 하나하나 지워나갔다. 아무것도 남지 않게 되자 사방에 흩어져 있는 속옷과 장비를 가방에 넣었다.

너에게 도착할 날짜와 기차 시각을 알렸다. 역에 내렸을 때 너는 보이지 않았다.

플랫폼에서 나와 대기용 의자가 놓인 곳까지 장비 가방이며 하드케이스, 필름 가방들을 세 번에 걸쳐 옮겨놓았다. 편의점 앞에서 부딪힌 노부인이 놀란 눈으로 나를 위아래로 훑어보더니 사라졌다. 거울에 비친 내 몰골은 끔찍했다. 여행 내내 걸치고 있던 야상 점퍼는 말이 아니게 지저분했고 수염도 덥수룩했다. 나답지 않게 주변의 시선을 신경 쓰지 않고 살았다. 숨 막히는 도시, 표정 없는 사람들. 다시 기계적인 일상으로 나를 밀어 넣을 생각을 하니 우울했다.

너는 시간이 지나도 나타나지 않았다. 계속된 소음과 안내 방송에 귓속이 멍했다. 나는 택시를 탈 작정으로 일어섰다. 그때 네가 내 눈에 들어왔다. 너는 한 손에 차 키를 든 채 다른 손으로 넥타이 매듭을 느슨하게 하면서 넓은 역사 안을 살폈다. 내가 먼저 손을 들어 너를 부를 수도 있었지만 하지 않았다. 나는 너에게 발견되길 기다렸다. 그게 맞는 순서일 것 같았다.

내가 언짢을 때 그러는 것처럼 너는 턱을 한껏 당겨 올리며 까칠한 수염을 쓸었다. 수염이 빨리 자라는 체질이라 아침에 면도를 해도 오후가 되면 턱 주위가 거뭇거뭇했다. 그제야 나는 지금이 한창 중간 심사 시즌임을 기억해냈다. 시즌 동안은 퇴근도 주말도 없다. 너는 플랫폼에서 나오는 사람들과 대기용 의자에 앉아 있는 사람들을 죽 훑었다. 너의 시선이 나를 통과하더니 역사 안을 빠르게 미끄러져갔다. 그때 너와 나 사이의 거리만큼 나는 나에게서 밀려났다. 여러 번이나 지나쳐 갔던 시선이 마침내 내게 와서 멈췄다. 한순간이지만 너는 나와 몸이 부딪힌 노부인이 바라보던 시선으로 나를 봤다. 민망한 듯 나를 부러 지나쳐 갔다 되돌아와서는 잇몸이 드러나게 웃어 보였다.

너는 트렁크에 짐을 실었다. 내가 보조석에 앉자 차를 출발시켰다. 구름이 낮게 깔려 있었다. 구름 사이로 붉은빛이 옅게 감돌았다. 아직 벌어지지 않은 일이지만 알 수 있는 것들이 있다. 날은 금세 어두워질 것이다. 나도 알고, 이제는 너도 아는 사실이었다. 너는 액셀 페달에서 발을 떼지 않고 달렸다. 무서울 정도로 속력을 내는 차들 사이에서 너는 전혀 밀리지 않았다. 아니 다른 차들이 너의 질주에 위협을 느꼈다. 덕분에 예상보다 빨리 오피스텔에 도착했다. 저녁을 먹고 너는 다시 회사로 가봐야 했다. 지하에 차를 대고 장비 가방들을 집에 올려놓고 나서 2층 한식당에 자리를 잡았다.

음식이 나오길 기다리는 동안 나는 네가 신은 구두를 바라봤다. 양쪽 볼의 크기가 달랐다. 가죽의 느낌도 다른 게 같은 구두라고 할 수 없었다. 아무리 바빠도 나라면 하지 않을 짓이었다. 내가 그 점을 지적하자 너는 목을 움켜쥐더니 이상한 소리를 냈다.

"목에 생선 가시가 걸린 것 같아."

스트레스의 여파다. 속이 쓰리겠지. 신물도 넘어올 테고. 서서히 열이 오르기 시작할 것이고 시간이 지나면 어깨 위로 뜨거운 돌덩이를 얹은 기분이 들 것이다. 너무 지쳐서 걷기도 힘들 것이다. 뭘 하는지 어디로 가는지 잊게 될 것이고 낯선 거리에서 그만 정신을 잃을지도 모른다. 너에게, 그리고 나에게 다른 삶이 필요했다. 선택은 너의 몫이 아니었지만 엄밀하게 말한다면 나의 몫도 아니다. 회사 운영도 운영이지만 C사에 지불해야 할 돈이 매달 이자와 함께 통장에서 빠져나가고 있었다. 빼고 더해지는 숫자들이 모든 문제를 복잡하게 만들지만, 문제를 가장 간단하게 만드는 것 역시 숫자라는 걸 설명하는 일이 내게는 쉽지 않았다. 나는 너를 책임져야 할 의무도 있었다. 그러나 너는 상황을 바로 이해했다.

"그렇다면 하는 수 없지, 뭐."

너는 좌절하지도 억울해하지도 않았다. 아예 컨설팅 쪽을 키워서 전문 법인으로 나가면 어떻겠냐고 했다.

어차피 지금 수입으론 운영에 한계가 있었다. 투자 자문이

나 개인사업 자문을 하는 법인도 꽤 됐다.

"직원을 또 뽑게?"

"왜 뽑아? 내가 하면 되지."

"계속해서 사람들을 만나야 하잖아."

나는 의아했다.

"그게 어때서?"

너는 무슨 문제가 있냐는 표정이었다. 한술 더 떠 부동산 투자 서비스를 해보겠다고 했다. 나는 말문이 막혔다. 너는 직원들의 인사를 받는 것조차 거북해 늘 30분 일찍 출근하던 나와는 달랐다. 부끄러운 취미도 없었고 되새기는 순간 패닉에 빠지게 되는 기억하고 싶지 않은 기억도 없었다.

식당은 주문 배달만 계속될 뿐 테이블에는 우리밖에 없었다. 서둘러 식사를 마치고 나왔다. 비상등만 켜진 넓고 어두운 홀을 지나 엘리베이터 앞에 섰다. 버튼을 누르자마자 엘리베이터는 꼭 닫힌 채 우리에게서 도망치듯 올라가버렸다.

"주하한테서 전화가 왔어."

너는 내게 시선을 주지 않은 채 말했다.

주하가 전화를? 주하가 왜 나를? 나는 당황했다. 너의 입에서 너무나 자연스럽게 나오는 그 이름 때문에. 나는 모스부호를 보내듯 계속 눈을 깜박이며 중얼거렸다. 만나재? 아니, 벌써 만났어?

"만나지는 않았어. 연락을 주겠다고 했어. 아이가 나를 보고 싶어 한다는 거야."

"네가 아니라 나겠지."

"그래, 너를 보고 싶어 해."

너는 바로 인정했다.

"왜?"

"왜라니? 아버지잖아."

"네가?"

나는 혼란에 빠졌다.

"응, 너."

아버지는 내가 지나치게 자신을 닮은 것에, 더 강인하지 못한 것에 실망했다. 나는 아버지와 얼굴을 마주한 적이 거의 없었다. 늘 렌즈 속 아버지와 만나야 했다. 막상 아버지가 남긴 엄청난 양의 사진들에 나는 없었다. 아버지 자신도 없었다. 영정 사진으로 쓸 사진 한 장 발견할 수 없었다.

나는 구두를 갈아 신고 가라고 했지만 너는 고개를 저었다. 짝짝이인 구두를 마냥 신기한 듯 바라봤다. 우리는 지하로 먼저 내려갔다. 엘리베이터가 너를 토해내고 상승하면서 내 몸이 붕 떴다. 나는 볕이 드는 마당을 떠올렸다. 기왕 떠올리는 김에 리트리버를 끌고 산책을 가는 아이와 나를 떠올렸다. 사진에서 울던 아이가 내 머릿속에서 웃고 말하고 뛰어다녔다. 내게 달려와 안겼다.

세번째 전화를 걸어서야 주하 목소리를 들을 수 있었다.

내 목소리를 듣고 그녀는 깜짝 놀랐다. 언제 번호를 바꿨냐고 물었다. 나는 번호 하나를 더 만들었다고 했다.

"왜?"

"필요해서."

그녀는 무슨 꿍꿍이냐고 묻지 않았다. 그러냐고 했다. 전혀 거리감이 느껴지지 않아서 오히려 거리감이 느껴지는 목소리였다. 내일 볼까? 하고 물었을 때도 흔쾌히 좋다고 했다. 나는 곧 후회했다. 분명 나는 그녀를 언짢게 할 테고 사과하지 않을 테고 끝까지 고집을 꺾지 않을 것이다. 그런 나를 그녀는 분통 터져할 것이다. 우리는 서로를 탓할 것이고 소리를 지르게 될 것이다. 아이가 보는 앞에서라면…… 최악이 아닐 수 없다. 게다가 깨져버린 믿음은 어떡할 것인가. 시간이 지나면 지날수록 내가 나를 감당하는 일이 힘들어질 것이다. 아니다, 왜 부정적으로만 생각하는가. 다 잘 될 수도 있다. 끝 간 데 없이 뻗어가는 생각을 나는 찰칵, 끊어냈다.

느지막이 집을 나섰다. 기상이변으로 따뜻하고 건조한 날씨가 겨우내 계속됐다. 해는 졌지만 날은 아직 밝았다. 도심 곳곳이 반짝거렸다. 나는 수동 디지털카메라 한 대만 들고 걸었다. 두툼한 패딩 점퍼를 껴입은 나와 달리 가벼운 옷차림의 행인들로 거리는 꽉 찼다. 보도블록을 교체하는 공사 때문에 인도는 말할 수 없이 번잡했다. 레고 모양의 주황색

보도블록들이 가로수 아래 아무렇게나 쌓여 있었다.

밤새 내린 눈을 꼭꼭 밟으며 주하와 아이는 내가 기다리는 카페까지 왔다. 행인들은 점점 불어났다. 연말은 연말이었다. 주하의 검은 부츠 코에 손가락 한 마디 정도 되는 눈탑이 쌓여 있었다. 주하는 내 기억 속 그대로였다. 아이는 제 엄마를 꼭 닮았다. 지나치게 새하얀 얼굴에 머리칼은 약간 부스스했다. 나는 손을 들거나 그들을 부를 수도 있었다. 그러나 꼼짝하지 않고 앉아 있었다. 둘 다 입을 꾹 다물고 있는 게 긴장한 듯 보였다. 나 역시 긴장됐다. 점퍼 속 사진기만 자꾸 만지작거렸다. 아이 손을 꼭 잡은 그녀는 우리가 늘 앉던 창가 자리로 향했다. 내가 어디에 있든 자신을 찾아오리라 확신한 것이다. 마침내 그녀는 나를 발견했다. 이제 막 카페에 들어선 너를.

얼마 뒤 너는 쟁반에 받쳐온 세 개의 잔을 테이블에 내려놨다. 커피 위 휘핑크림을 한 숟갈 떠서 아이에게 내미는 너의 해맑은 얼굴을 볼 수 있었다. 나는 한동안 무거운 고철덩어리로만 느껴지던 카메라를 들었다. 아이는 네가 내민 크림을 받아먹었다. 너의 몸이 자연스레 아이 쪽으로 움직였다. 주하가 고개를 들어 너를 봤다. 나는 숨을 참고 프레임 속 피사체 덩어리를 끌어당겼다. 아이의 머리 위로 두 입술이 맞닿았다.

알람은 계속해서 요란하게 울렸다. 나는 눈을 뜨지 않았다. 바닥을 울리는 너의 발소리가 크고 무거웠다. 얼마 지나지 않아 내 얼굴로 쏟아지는 시선이 느껴졌다. 버티컬이 창틀에 부딪히는 소리가 났다. 협탁을 손으로 두드리는 소리 같기도 했다.

"등에"라고 말한 뒤 너는 잠시 머뭇거렸다. 내 귀에 얼굴을 바싹 대더니 작게 속삭였다. "날개 문신이 있더라."

한결 가벼워진 발소리가 현관문 소리와 함께 마침내 사라졌다. 나는 불을 환하게 밝혀놓고 삼각대를 받쳤다. 셔터를 눌러 나를 찍기 시작했다. 카메라의 LCD창에서 내 얼굴을 확인했다. 비평가의 말대로 내가 한 행위가 얼마나 용감한 것인지 실감하며 나는 사진 속 나를 삭제했다. 사진을 찍는 순간 찍히는 자일 수 없다. 찍히는 순간만큼 찍는 자일 수 없다. 찍는 자와 찍히는 자의 자리를 동시에 차지할 수 없다. 나는 왜 카페로 너를 불렀을까. 왜 내 아이에게 너를 아빠로 부르도록 한 걸까. 무겁고 불편한 마음이 가벼워지는 건 오직 내가 삭제되는 순간뿐이었다. 생존만 할 것인지, 성장할 것인지 판단은 오너가 한다. 기업이 계속 존속하려면 부실한 사업은 포기해야 한다. 나는 너의 손목에 박혀 있던 쌀알 모양의 칩을 싱크대 서랍에서 찾아냈다. 나는 C사 홈페이지에 접속했다. 네 번의 클릭을 마치자 폐기 신청이 완료됐다.

너는 기억할까. 네가 그렇게 소원하던 대로 구시가지가 끝나는 지점까지 갔던 날이었는데.

유난히 어둡고 쌀쌀한 밤이었다. 웅크린 차들 사이를 통과해야 했고, 녹지 않은 눈과 휴지통 주위에 어지럽게 널린 쓰레기를 피해야 했으며 배수구에서 올라오는 냄새를 참아내야 했다. 가까운 곳에서 급브레이크 소리와 여자 비명 소리가 들려왔다. 도망치듯 내 걸음은 빨라졌고 너는 가쁜 숨을 몰아쉬었다. 바닥에 도장을 박듯 따박따박 걷는 너의 발소리가 나의 시린 귀를 때렸다. 골목 모퉁이를 돌자 갑자기 어두침침하고 거대한 빈터가 나타났다. 빈터 너머로 우리가 지나온 것보다 더 높은 빌딩들이 새로운 블록을 형성하고 있었다. 불빛은 더 컬러풀하고 화려해졌다. 너의 시선은 바람에 날리는 눈발처럼 빌딩의 불빛과 조명, 네온사인과 가로등 사이를 어지럽게 오갔다.

"이렇게 계속되는 건가?"

너는 새하얀 입김을 뿜어냈다.

"끝도 없지."

내 입에서도 입김이 뿜어져 나왔다. 너는 고개를 들었다. 검게 변한 하늘을 마치 거대한 구멍 살피듯 이쪽 끝에서 저쪽 끝까지 천천히 훑었다. 나는 앵글 속 너의 눈동자에서 도시가 텅 비어버리는 걸 목격했다. 너와 나는 지쳐 있었고 돌아오는 길은 그만큼 멀었다. 발소리가 들리지 않아 돌아보니

등 뒤에 있어야 할 네가 없었다. 과속 방지턱에 발이 걸려 넘어진 너를 발견했다. 너를 향해 손을 뻗은 순간 나는 내가 아니었다. 나에게 결코 손을 뻗어주지 않았던 세상의 모든 타인들이었다. 너는 조금의 망설임도 없이 그 손을 잡았다. 그때 내가 끊어낸 밤의 한 컷. 플래시가 뿜어내는 빛이 그대로 통과한, 막 도시로 스며든 짐승처럼 두려움에 떠는 형광빛의 새빨간 두 눈동자. 그것은 내 카메라에서 삭제되지 않은 유일한 너였다. 네가 기억하길 바라는 마지막 나였다.

꿈꾸지 않겠습니다

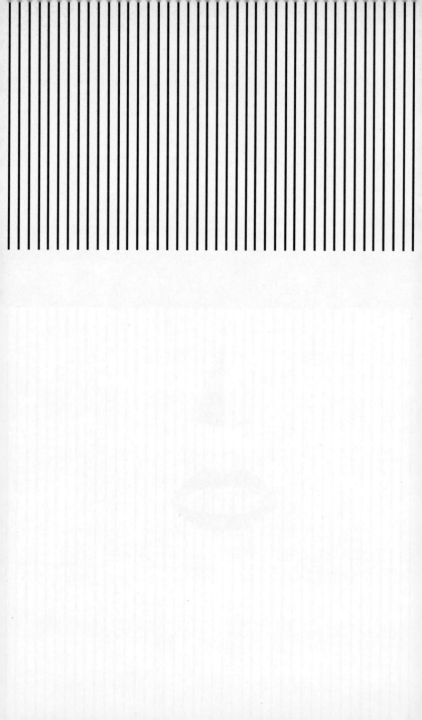

필과 여진은 오래된 연인 사이다. 재수학원에서 필을 본 여진은 그가 자신의 반쪽임을 알아봤다.

여진은 웃을 때 이마에 실핏줄이 섰고 외까풀치고 눈매가 또렷했으며 턱선에 자잘한 솜털이 나 있었다. 그녀의 자존심은 눈매에서 길게 뺀 아이라인에 있었다. 몇 년간 필을 지켜보던 여진은 어느 날 그의 등짝을 치며 말했다.

이제 시간 그만 끌고 말해.

무슨 말?

필은 무너진 상체를 일으키며 물었다. 여진은 아이라인이 선명한 눈을 깜박여 보였다. 그날 밤, 그녀는 그를 몽땅 벗게 만들었다. 그녀는 아무것도 벗지 않았다. 그것으로 충분했다. 다음 날 가난한 방 하나와 가난한 방 하나가 합쳐졌다.

여진이 공무원 시험 준비를 한다고 했을 때 그녀를 좀 아는 사람들은 축하 인사부터 했다. 세상 일이 뜻대로 되는 건 아니지만 여진이 한번 마음먹으면 아무도 말리지 못했다. 그녀를 말리려면 그녀가 마음먹기 전에 말려야 했다. 그런 그녀도 필이 직장을 그만두고 수입이 끊기자 의기소침해졌다.

부슬비가 내리는 평일 오후였다. 필과 여진은 방금 문을 연 막창집에 마주 앉았다. PC방에서 컵라면을 먹고 있던 필은 여진의 전화를 받고 총알같이 달려왔다. 도서관이 어느새 직장이 되어버린 여진이 열람실에서 깜빡 잠들었다 꾸게 된 꿈 이야기를 했다.

N사에서 월요일부터 출근하라고 전화가 온 거야.

진짜?

필이 놀라 물었다. 솔루션 전문업체인 N사는 전망 밝고 연봉도 높은, 젊고 알찬 기업이었다.

그러니까 꿈에서.

전공이 아무리 그쪽이라고 해도 서른이라는 나이에 아무 경력 없이 취업됐다는 게 믿기 힘든 일이긴 했다. 문제는 꿈에서 깬 다음이었다. 여진은 휴대폰 수신 목록에 낯선 번호가 찍혀 있음을 알게 됐다. 꿈에서 연락받은 바로 그 번호였다. 지나치게 생생한 꿈이었다. 말이 안 된다는 걸 알면서도 그녀는 통화를 시도했고 합격 사실을 확인했다. 사실 필에게 말하지 않았지만 여진은 하반기 채용 시기에 맞춰 몇 군데 기업에 입사지원서를 냈다.

면접도 없이?

필이 묻자 그녀 역시 실감이 안 난다는 표정으로 말했다.

꿈이 현실이 된 거지.

여름 내내 엉뚱하고 기이한 사건, 사고가 일어났다. 돼지들이 안방으로 몰려드는 꿈을 꾼 중년 여자는 뺨을 핥는 축축한 침냄새에 잠이 깼다. 그녀는 꿈에서 본 돼지들이 안방을 엉망으로 만들어놓는 걸 속수무책 지켜봐야 했다. 자기 집 옥상에서 떨어지는 꿈을 꾼 한 소년은 다리를 움직일 수 없었다. 골절상으로 곧장 병원에 입원했다. 그뿐 아니었다. 크고 작은 뱀들이 몸으로 떨어지는 길몽을 꾼 칠십대 노인은 잠에서 깨자마자 심장마비를 일으켰다. 다행히 구급대가 출동해 응급처치를 했고 20여 마리의 뱀들은 모두 수거됐다.

소문은 삽시간에 퍼졌다. 일일이 확인할 수는 없지만 꿈이 그대로 현실이 되어버리는 황당한 경험을 한 사람들이 도시 여기저기서 나타났다. 여진도 그중 한 사람이 된 것이다.

어쩔 거야?

필은 오뎅 국물을 목구멍으로 떠 넘기며 물었다.

꿈이 이루어졌다니까.

무슨 말이 더 필요하냐는 듯 여진은 활짝 웃었다. 아이라인이 번져 거뭇거뭇한 그녀의 눈 밑을 물끄러미 바라보며 필은 축하해주었다.

잘됐네.

차양 아래로 빗방울이 뚝뚝 떨어져 내리고 있었다. 필은 굴착기 해머를 만드는 회사에서 사무 일을 봤다. 7백 미터까지 구조 터널을 뚫는 데 성공한 칠레의 해머드릴도 필의 회사에서 만든 것이었다. 그러나 칠레 광부를 구한 기술도 줄어드는 수주 물량에는 속수무책이었다. 필은 취업한 지 3년 만에 실업자가 됐다. 조직 울타리를 벗어나면 좋은 세상은 빠이빠이야. 언젠가 친구가 했던 말을 절절하게 되새기는 중이었다. 여진이라도 취업을 했으면 하고 내심 바랐으므로 잘된 일이었다. 분명 잘된 일이긴 했지만 곱씹을수록 필은 억울했다. 누구는 쪽잠을 자도 꿈이 덜컥 이루어지는데 그는 꿈조차 꾸지 못했다. 꿈에 관한 한 그에겐 그 어떤 기억도 없었다. 꿈의 형태와 꿈의 느낌을 미치도록 경험해보고 싶었지만 할 수 없었다. 필은 젓가락을 내려놓았다. 막창에서 고무 씹는 맛이 났다.

진짜 꿈꿔본 적이 한 번도 없어?

여진은 물었다.

필이 고개를 끄덕이자 그녀는 액정 화면이 나오지 않는 답답한 모니터를 보듯 그를 봤다. 필은 꿈만 없는 게 아니었다. 되고 싶은 것도, 갖고 싶은 것도 없었다. 어릴 때부터 그랬다. 인생에 큰 목표가 없으므로 뭘 해도 크게 좌절하지 않았다. 있으면 좋고 없어도 그만이었다. 왜 그 모양인지 자신도 알지 못했다.

밖으로 나온 필은 성큼성큼 앞서 걸었다. 축축한 아스팔트에서 서늘한 공기가 올라왔다. 아직 푸른빛이 가득했지만 지상과 가까운 하늘에는 이미 핏빛 물이 들었다.

걷다 보니 몸에 땀이 뱄다. 쌀쌀하다 싶다가도 돌아서면 몸이 후끈 달아올랐다.

초봄 하면 봄의 초입이라는 느낌이 나잖아. 초여름도 그래. 근데 초가을은 달라.

그를 부지런히 좇아 걸으며 여진은 말했다.

뭐가?

초가을, 하면 어쩐지 가을을 초월했다는 뜻 같거든.

필이 웃자 여진은 의기양양하게 팔짱을 껴왔다. 세상에서 그를 웃게 할 사람은 자신뿐이라는 듯.

한 손으로도 머리를 들 수 있겠다.

필이 처음 본 여진의 인상은 그랬다. 머리도 작고 얼굴도 작고 몸집도 작았다. 웃는 모습이 선하고 총명해 보였다. 총명한 여진은 입사도 하기 전에 이사 갈 궁리를 했다.

두 사람이 살림을 합친 방은 굉장히 오래된 빌라의 1층이었다. 몇 개의 가구를 아무리 다르게 배치해도 결국엔 똑같아지는 마법같이 작은 방이었다. 벽에서 풍기는 퀴퀴한 곰팡내와 수도파이프가 지나가는 곳마다 생긴 누수로 방은 늘 오묘한 냄새를 풍겼다. 예상치 못한 곳에서 나타나는 바퀴벌레 때문에 여진은 기겁했지만 나중에는 태연했다. 그녀는 바퀴벌레를 꼬박꼬박 '우리 집 매미'라고 불렀다. 매미와 산다고 생각하면 낭만적이라는 것이다. 하지만 필은 바퀴벌레보다 매미가 더 끔찍했다. 지독하게 시끄럽고 적을 보고 도망갈 본능도 지능도 없고, 무엇보다 밟아 죽이기 꺼림칙했다.

이제 매미와의 동거도 끝이다, 그지?

취업을 한다고 당장 집을 옮길 수 있는 것도 아닌데 여진은 벌써부터 아쉬워했다.

꿈을 꾸지 않는 건 제게 꿈이 없기 때문인가요?

꿈이 없는 사람은 의외로 많습니다. 그러나 꿈을 꾸지 않는 사람은 없습니다ㅋ

필이 가입한 드림닷컴의 관리자 굿맨은 친절하게 댓글을 달아주었다.

누구나 하루에 두 시간 정도 서너 개의 꿈을 꾸게 됩니다. 고통에 대한 경험이 없는 아이들을 제외하고 예외란 없습니다ㅋ

꿈이 기억나지 않는 건가요?

기억할 만한 꿈을 꾸지 않는다는 의미겠죠ㅋ 아니면 꿈꿀 배짱이 없든지ㅋㅋㅋ

굿맨이 문장 끝마다 마침표 대신 사용하는 ㅋ을 여진은 못

마땅해했다.

장난해? 비웃는 것도 아니고.

ㅋ이 남발될수록 필은 슬픈 느낌이 들었지만 별 대꾸는 하지 않았다.

꿈이 현실이 되는 일들이 일어나자 발 빠른 사람들은 현실에서 이루고 싶은 꿈을 꾸는 방법을 연구하기 시작했다.

누구라도 다소간의 훈련만 한다면 자신이 꿈을 꾸고 있음을 자각할 수 있다. 한번 꿈이라는 걸 자각하면 무의식의 영역인 꿈의 통제권을 의식이 넘겨받을 수 있다. 이렇게 통제권을 넘겨받고 나면 마음대로 하늘을 날 수도 있고, 누군가를 불러낼 수도 있으며 현금 다발을 품에 안을 수도 있다. 운이 따라준다면 현금 다발을 품고 잠에서 깰 수도 있게 된다.

9월 첫 주, 드림닷컴에서 꿈이 실현된 사람은 세 명이었다. 지나, 한바탕, 개몽. 밝혀두자면 계몽이 아니라 개[犬]몽은, 일곱 평 허름한 임대아파트에서 하루를 보내고 잠자리에 들었다. 다음 날 그는 바다가 한눈에 내려다보이는 아파트에서 잠이 깼다. 상상하던 모든 것이 다 있는 아파트였다. 지하주차장에는 흰색 왜건이 그를 기다리고 있었다. 그는 운전석에 올랐고 망설임 없이 목적지를 찍었다. 개몽은 아파트와 왜건, 수의사라는 직업을 한꺼번에 가졌다. 꿈에서 봐왔던 모습 그대로였다. 그러나 모두 같은 결과를 이뤄낸 것은 아니었다.

한바탕은 윗니가 빠지는 꿈을 꿨다. 꿈에서 깼을 때 빠진 윗니가 그의 축축한 손에 쥐여 있었다. 한바탕은 임플란트 비용에 관해 문의했다.

치과에 내원해보세요ㅋ

지나는 헤어진 연인에게서 만년필을 선물 받고 기뻐하는 꿈을 꿨다. 지나는 만년필을 갖게 됐지만 좀더 엄청난 꿈이 이루어지지 않은 걸 아쉬워했다.

저는 왜 하필 이렇게 사소한 꿈만 꾸는 걸까요?

돈벼락보다 옛 연인과의 재회를 원했던 거죠ㅋ

그럼 이제부터는 돈벼락을 절실하게 원해야겠군요. 언제 또 꿈이 이루어질지 모르는데 완전 대박 나야죠.

며칠 뒤 지나의 글은 더 이상 찾아볼 수 없었다. 시시한 꿈 밖에 꾸지 못하는 자신을 비관해 다량의 약을 삼켰다.

죽은 자는 꿈꾸지 않죠ㅋㅋㅋㅋㅋ

여진은 입사하자마자 쇼핑몰 제작에 투입됐다. 1월부터 12월까지 기획된 1년짜리 프로젝트였지만 그녀가 출근한 7월부터 시작됐다. 입사 첫날부터 야근이었다.

지금까지 뭘 했어요?

사수가 여진에게 던진 첫 질문이었다. 공무원 시험 준비를 했다고 하자 그가 대뜸 말했다.

그냥 하던 거 계속하지 그랬어요.

확실히 잘못된 만남이었다.

여진을 앞에 두고 기본도 안된 사람을 뽑았다고 짜증을 냈다. 사수는 그녀보다 세 살 어렸다. 말도 많고 목소리도 컸다. 허벅지에 꽉 끼는 청바지를 입고 손을 주머니에 꽂고 다녔다. 움직일 때마다 엉덩이에 바지가 꼈다. 혼자 보기 아까울 정도로 꼴이 가관이었다. 심지어 집 방향도 같았다. 내부순환선의 열일곱 개 역을 함께 가는 내내 여진에게 과장 욕을 했다.

잠자리에서 여진은 필에게 사수 욕을 했다.

이 꼴통은 유난히 땀도 많아. 근처만 가도 땀내 땜에 머리가 터질 것 같다니까. 어제는 뭐라는 줄 아니? 자기가 정말 큰맘 먹고 사직서를 썼다는 거야. 그 사직서를 어떻게 했는지 아냐는 거야? 모른다고 했지. 자기 서랍 안에 넣어뒀다는 거야.

왜?

자기 서랍을 과장이 뒤질 거 아니냐는 거지.

남의 서랍을 왜 뒤져?

내 말이.

여진은 벌게진 얼굴로 말을 쏟아냈다.

뒤지려면 뒤져보라는 심정으로 넣어두었다나. 나 이런 것도 쓸 수 있는 놈이다, 뭐 그런 걸 보여줬다는 거야. 지가 그만두면 회사가 아작 날 거라나.

나 없음 돌아가?

꼴통 사수는 다그치듯 물었다. 여진은 어째 이런 인간이 회사에 붙어 있을 수 있는지 용하다 싶었다. 그러나 그녀가 진짜 열 받는 건 꼴통 사수가 어처구니없는 말을 할 때마다 자신이 맞장구를 쳐주었다는 것이다. 내내 맞장구를 치느라 입 근육이 얼얼했다.

필은 비릿하고 퀴퀴하지만 정겨운 냄새를 맡으며 그녀가 사수에게 그랬듯 그녀에게 열심히 맞장구를 쳐주었다. 그사이에도 외피가 반질반질하고 통통하게 살이 오른 매미가 부지런히 벽을 기어오르고 있었다.

그럭저럭 여진이 업무에 적응해가고 있을 때였다. 과장에게 불려 갔다 온 사수의 얼굴이 검게 변해 있었다.

다음 날 사수는 출근하지 않았다. 여진이 처음으로 필을 회사 앞으로 불러낸 날이기도 했다. 필은 버스를 타고 다시 지하철을 갈아타고 열일곱 구간을 간 끝에 여진이 일러준 역에 내렸다. 갯벌을 매립해 건설한 고층 건물들이 역 주변에 늘어서 있었다. 필은 육교에서 큰 각도로 회전하는 경사로를 따라 올라갔다. 경사로 끝에 이르자 범선의 돛 모양으로 디자인된 초고층 건물 세 동이 눈에 들어왔다. 그중 가장 높은 건물의 회전문 앞에 여진이 서 있었다. 사원증을 목에 걸고 몸에 딱 붙는 밝은 회색 정장을 입은 그녀는 먼 세계 사람 같았다. 그녀는 필을 알아보고도 곧장 달려오지 않았다. 건물에 드리워진 그림자가 만든 선의 안쪽에서 숨을 골랐다. 그녀가 숨을 고르는 동안 필은 깨달았다. 예전 그 매미는 없다. 허물을 벗고 날개를 반짝이는 진짜 매미가 있었다.

둘은 근처 맥줏집 파라솔 아래 자리를 잡았다. 파도 소리와 함께 바닷바람이 맨살에 부드럽게 감겨들었다. 맥주 한 잔 값이 담배 서너 갑 가격에 맞먹는다는 걸 잊을 수만 있다면 좋았을 거다. 여진이 빈 맥주잔을 종업원에게 건넸다. 주문을 받은 종업원은 말끔하게 생긴 이십대 초반의 남자였다. 필은 돌아서는 그를 불러 세웠다. 기본 안주는 없냐고 물었다. 종업원은 뒷짐만 진 채 서 있었다. 말을 못 알아들었다고 생각한 필은 땅콩이나 김, 하다못해 멸치라도 달라고 했다. 당황한 여진이 메뉴판을 가져다 달라고 했지만 필은 고집스럽게 말했다.

피클은 있죠?

얼마 뒤 남자가 피클 접시를 가져다줬다. 필은 피클을 손으로 집어 먹었다. 여진이 맛있냐고 물었고 필은 맛있다고 대답했다. 시큼하고 달짝지근했다. 너도 먹어봐. 손으로 집어 여진의 얼굴에 들이댔다. 그녀는 피클을 받아먹는 대신 필의 점퍼 안주머니에서 담배를 쓱 빼 들었다. 마지막 남은 한 개비였다. 필은 그녀의 손목을 잡아채고 싶었지만 참았다. 간신히 한마디 했다.

나도 한 모금만.

여진과 필은 번갈아 담배 연기를 뿜었다. 하늘이 파랬다.

너무 높고 깊어서 아무리 빠져도 계속 빠져들 것 같았다. 꼭 거대한 맨홀 구멍 속에 들어앉은 기분이었다. 필은 꿈속이 이런 걸까 생각했다. 수평선 위에 불빛 하나가 걸려 있었고 해안선을 따라 상점들과 레스토랑, 술집과 카페가 끝없이 늘어서 있었다. 큰 도로가 있고 빌딩이 있고 주말에도 불이 꺼지지 않는 사무실과 쇼핑가, 맥도날드가 있다. 호주에도, 홍콩에도, 도쿄에도 파리에도. 다 거기서 거기라는 필의 푸념에 여진은 동의하지 않았다. 눈이 살짝 풀린 그녀는 여기서 배를 타면 갈 수 있는 섬들이 있다고 했다.

모모도 해변에 조각 공원이 있어. 모모도에서 다리로 연결된 소모모도가 있거든. 거기는 너무 작아서 모텔도 없고 편의점도 없어.

그 섬에서 잠은 못 자겠네?

필은 물었다. 여진은 비스듬히 몸을 틀며 하룻밤 재워달라고 집집마다 다니면서 구걸을 해야지, 하며 눈을 가늘게 뜨고 웃었다.

필은 가보자고 했고 여진은 그러자고 했다. 그 뒤로는 둘 다 입을 다물었다. 여진이 먼저 침묵을 깼다. 물론 그녀가 하고 싶어 하는 말이 뭔지 필은 알았다. 여진의 입에서 나오는 말은 사수, 사수, 사수뿐이었다. 필도 꼴통 사수만큼 여진의 미움을 받아보고 싶었다. 무슨 짓을 하면 그럴 수 있을까 싶었지만 무슨 짓을 해도 그럴 수 없을 것 같았다. 맥주는 미지근했고 밍밍한 맛이 났다.

여진은 자신의 자리가 사수를 해고하기 위해 급조된 것이라는 걸 알게 됐다고 했다. 그는 계약직 직원치고 열정이 지나쳤다. 위에다 대고 끊임없이 이래서 안 된다, 저래서 안 된다, 했다. 회사에서는 그를 정규직으로 전환해주겠다는 약속을 지키는 대신 보란 듯이 신입 정규직을 뽑았다. 그가 왜 과장을 욕할 수밖에 없었는지, 왜 들어주는 대상이 자신이어야만 했는지 여진은 오늘에서야 알게 됐다고 했다.

그러니까 나를 위해 준비된 빈자리는 없었던 거야.

자책하거나 후회하는 표정은 아니었다. 그녀가 맘에 걸려 하는 건 따로 있었다.

며칠 전, 모처럼 제시간에 퇴근하던 길이었다. 사수는 존대까지 해가며 여진에게 물었다.

이번 프로젝트가 제 날짜에 끝날까요?

결코 날짜를 맞추지 못하리라는 걸 사수도 알고 여진도 알았다. 개발자를 갈아서 시스템을 만든다는 말이 괜히 나온 게 아니었다. 1년짜리 프로젝트를 6개월 만에 끝내야 했다. 하루에 이틀 치 일을 하고 있었다. 그가 왜 뻔한 질문을 하는지 여진은 알 수 없었다.

뭐 열심히 해봐야죠.

여진은 사수의 얼굴을 살폈다. 막상 그는 별 반응을 보이지 않았다. 고개를 들고 지하철역 노선도만 바라볼 뿐이었다. 이마에 흐르는 땀을 닦으며 남은 역 이름을 진지하게 또박또박 읽어 내려갔다. 노선도 한 바퀴를 돌며 역 이름을 호명하고 난 사수가 불쑥 물었다.

여진 씨는 꿈이 뭡니까?

여진은 당황했다. 몇 번을 다시 생각해도 그 부분이 여진을 열 받게 했다. 꿈이 벌써 이루어졌다고 말할 수 없었다. 여진의 속을 뻔히 안다는 듯, 자신도 이미 다 거쳐 온 과정이라는 듯 사수가 웃음을 흘렸다.

해가 바뀌었다. 필과 여진은 지하 3층, 지상 37층으로 이루어진 신축 오피스텔 건물로 이사했다. 그들 머리 위로 수백 개의 방들이 있었다. 매미와 동거하던 이전의 방과 실평수는 같았지만 시설은 비교가 되지 않았다. 빌트인 냉장고와 붙박이 옷장, 잡아끌면 드르륵 딸려 나오는 식탁과 샤워부스까지, 여진은 홀딱 반했다. 여진이 가장 맘에 들어 한 건 한 번에 회사까지 가는 버스가 있다는 것이었다. 적어도 집에 들러 씻고 나갈 수는 있게 됐다.

새로 떨어진 일은 의뢰받은 모(母)기업과 계열사의 회계 및 구매 시스템을 통합하는 비교적 큰 프로젝트였다. 지역별로 영업 단위별로 용도별로 서버를 정비해야 하기 때문에 여진을 비롯해 수십 명의 코더가 달라붙었다. 1월부터 계획된 프로젝트를 차질 없이 진행해왔으므로 이번에는 여유가 있겠다 싶었다. 그럴 리가. 회사에서는 기존 개발자들을 이런저런 이유로 뺐다. 그녀와 같은 초급자에, 소속이 다 다른 파견 직원들과 프리랜서만 남았다. 내부 커뮤니케이션이 아무리 잘된다 해도 10년 차 베테랑이 나간 자리를 초짜가 메울 수는 없었다. 새파랗게 젊은 파견직 직원 하나가 새벽에 응급실에 실려 갔고 프리랜서로 들어온 코더 둘이 못 하겠다고 때려치우고 나갔다. 어디서들 오는지 빈자리는 귀신같이 메워졌다. 메인 위치에 있지 않은데도 여진은 전전긍긍했다.

언제 PC가 다운될지 몰라서 엔터 키 치기도 겁난다니까.

이삿짐센터에서, 마트에서 카트 수거로, 식당 주차원으로 3개월씩을 간신히 채운 필은 입이 열 개라도 할 말이 없었다.

주말 한나절을 잠으로 알차게 보낸 필은 늦은 오후가 돼서야 몸을 움직였다. 미뤄둔 설거지를 하고 싱크대를 반질반질 윤이 나게 닦은 다음 빨랫거리를 세탁기에 넣고 돌렸다. 청소를 한 뒤 빨래를 널고 밖으로 나왔다. 그새 해가 저물었다. 버스 정류장에 서서 정차하는 버스와 버스에서 내리는 사람들을 질리도록 바라봤다. 한 시간을 기다린 끝에 언제 퇴근할지 모르겠다는 여진의 문자 한 통을 받았다. 필은 그녀가 바쁜 와중에도 자신을 기억하고 있었다는 것에 감사할 따름이었다.

이사를 한 뒤에도 둘의 잠자리에는 누군가 꼭 끼어들었다. 꼴통 사수를 보내자 꼴통 과장이 등장했다. 마감이 너무 빠

듯하다니까 뭐라는 줄 알아? 우리 때는 침대 갖다 놓고 일했
어. 근데 너네는 퇴근하더라.

퇴근하지 말라는 거야?

몸으로 때우라는 거야.

그때만 해도 그런대로 괜찮았다. 불만이 넘치는 만큼 여진
의 의욕도 넘쳤다. 여기서 죽는 한이 있어도 해내겠다는 그
녀다운 악착같음이 있었다.

여진 밑으로 들어온 신입은 지붕이 열리는 차를 타고 출근
했다. 어딘지 미덥지 못하게 생긴 그는 연락이 온 몇 군데 회사
중 하나를 고르느라 애를 먹었노라고 했다. 막상 일을 시키고
보니 할 줄 아는 게 없었다. 지구력도 없고 머리 회전도 안 됐
다. 여진이 좌절한 건 윗사람들이 보인 태도 때문이었다. 지금
까지 여진이 죽어라 일한 게 억울하다 싶을 정도로 신입을 칭
찬했다.

대체 뭘로?

일을 잘한다는 거야.

기가 막히는 일이었다. 신입의 존재는 그녀에게 시련이 아
닐 수 없었다. 세상이 자신에게 유독 불공평한 게 아닌가 하는
불안감을 떨쳐내려고 죽어라 살아온 시간들이 한꺼번에 무너
지는 날들이었다. 시련이 컸던지 여진은 출근길에 뭔가를 자
꾸 놓고 갔다. 보고할 서류를 놓고 가거나 스타킹을 신고 가

지 않거나. 슬리퍼를 신고 버스 정류장까지 갔다 돌아온 날도 있었다. 한번은 다시 돌아온 여진을 보고 필은 입을 다물지 못했다. 그녀의 자존심인 아이라인이 한쪽 눈에만 있었다. 필은 3개월을 넘길 만한 일자리도 구해야 했고 그녀가 탈선하지 않게 애도 써야 했다. 그즈음 여진에게 부러움의 대상은 거리에서 있는 가로수였다.

그냥 한자리에 서서 버티기만 하면 되잖아.

어느 날엔가 여진은 매미와 알람이 경쟁하듯 시끄럽게 우는데도 잠자리에서 일어날 생각을 하지 않았다.

회사 안 가? 8시가 넘었어.

필은 여진을 흔들어 깨웠다.

오늘 일요일이잖아.

언제부터 요일 따져가면서 일했어?

이제부터.

여진은 잠이 든 것 같지 않은 목소리로 말했다.

여진은 막다른 길에 이르렀다. 그녀는 넘치는 의욕과 에너지를 다른 쪽으로 쏟아붓기 시작했다.

여진의 퇴근 시간이 빨라졌다. 잔업은 신입에게 맡겼다. 그녀는 내 일과 남의 일을 구분하게 됐고, 되도록 남의 일로 만들어 떠넘기는 것이 진짜 능력이라는 것도 알게 됐다. 집으로 돌아온 그녀는 바로 옷을 벗고 곧장 이불 속으로 기어들어갔다. 그녀는 필보다 더 열심히 드림닷컴을 들락거렸다.

우리가 몰라서 그렇지 작곡가나 과학자 들은 아주 오래전부터 꿈을 이용했대. 여진은 크게 감동을 받았다. 아인슈타인도, 푸앵카레도 꿈에서 본 그대로 칠판에 방정식을 써서 오랫동안 속 끓이던 문제를 풀었대. 이거 봐. 융의 동시성이론도 결국 같은 말을 하고 있다는 거잖아.

오늘 밤, 꿈에서 손을 꼭 들여다보세요ㅋ

어느 새벽 여진은 비명을 지르며 깼다. 꿈에서 손을 들었다는 것이다.

오늘 밤엔 손바닥을 뒤집어보게 될 겁니다. 꿈을 꾼다는 사실을 자각한 채ㅋ

여진은 자고 있는 필의 어깨를 잡고 흔들었다. 그녀는 굿맨이 알려준 단계를 어렵지 않게 뛰어넘었다. 손바닥을 보고 꿈을 꾼다는 걸 자각한 여진은 바로 날고 싶다, 생각했다. 순간 허공에 붕 떠올랐다.

그녀는 굿맨이 시키는 대로 작은 상자를 만들었고, 냉장고가 들어갈 만한 큰 상자도 만들었다. 그녀를 쫓아오는 무시무시하게 생긴 남자를 야구방망이로 때려눕히기도 했다. 어느 날 여진은 침대 위에 모기장을 쳤다.

여름도 다 지났는데 웬 모기장?

필이 놀라 물었다.

현금 다발에 맞아 죽으면 안 되니까.

자신감이 넘치는 목소리였다.

잠을 자다 금궤 모서리에 머리를 부딪힌다거나 현금 다발에 묻혀 호흡곤란이 오는 일은 일어나지 않았다. 대신 다른 누군가가 엄청난 일을 이뤄냈다. 멀쩡히 서 있던 빌딩이 먼지구름 속으로 사라진 것이다. 희생자는 없었지만 규모가 작은 기업들은 파산했고 직원들은 실업자가 됐다.

누가 이렇게 무시무시한 꿈을 꾼 걸까요ㅋ

굿맨의 말에 아무도 반박하지 못했다. 불순한 세력이 벌인 테러라는 정부 발표를 아무도 믿지 않았다. 하룻밤 꿈이 아니고서야 있을 수 없는 일이었다.

우리는 이 정도 꿈밖에 꿀 수 없는 걸까요ㅋㅋㅋㅋㅋ

굿맨의 ㅋ이 남발됐다.

그들은 악착같이 버텼다. 먼지구름 속에 사라질 수도 있다는 불안감에 시달린다는 건 여전히 꿈이 이루어지고 있다는 의미이기도 했다. 시시각각 우주는 팽창하고 있었고, 불안과 기대와 함께 스카이라인은 높아졌다. 도시는 바람이 불 때마다 지형이 바뀌는 사막이었다. 단골 술집이 사라지는 건 예사고 늘 다니던 출퇴근길이, 등하굣길이, 장 보러 다니던 길이 사라졌다. 지도 앱을 장착하는 건 기본이 됐다. 누군가는 퇴근길 버스에 올랐는데 집에 도착하기도 전에 노선이 바뀌어 있었다고 했다. 여진은 은행 창구 직원들 얼굴이 매일 바뀐다고 투덜거렸다. 그냥 왔다가 가는 사람들 같다고 했다. 이번 창구 여직원은 특히 더 이상하다고 했다. 입금과 송금의 뜻을 몰라서 고객인 자신에게 묻더라는 것이다. 전표를 보면서 불안한 얼굴로 돈을 여기서 여기로 보내신다는 거죠? 하고.

여진의 동료 하나는 자궁 혹을 떼는 수술을 했는데 신장까지 없어졌다고 했다. 쫓아가 따지니까 신장이 저절로 사라진 것 아니냐고 되묻더래. 누가? 누구긴, 수술한 의사가. 필은 문득 하루아침에 꿈을 이뤄낸 개몽을 떠올렸다. 그는 수의사 일을 제대로 해내고 있을까. 그 모든 게 꿈의 여파라고 할 순 없지만 아니라고 할 수도 없었다. 여진은 여전히 모기장 안에서 잠이 들었다. 하다못해 대출이자를 꼬박꼬박 빼가는 은행 건물이 몽땅 무너지는 꿈이라도 꾸길 바랐다.

굿맨의 사이트는 어느 날 갑자기 강제 폐쇄됐다. 민심을 흉흉하게 만든다는 게 이유였다. 아침저녁으로 찬바람이 불었다. 매미가 여전히 극성스럽게 울어댔다. 매미는 왜 밤낮없이 우는 걸까요? 필의 질문에 굿맨은 마지막으로 친절하게 답해주었다.

종일 우는 것 같지만 매미마다 우는 시간이 다 다릅니다ㅋ 깽깽매미와 애매미는 오후에만 웁니다. 털매미는 털로 울고 애매미는 애매하게 울고ㅋ 봄매미는 날개를 비벼서 울고 좀매미는 뱃살 안쪽에 발음기가 있습니다. 얘들이 때아니게 울 때는 다 이유가 있습니다. 갑작스런 일기 변화가 있거나 교

미 전, 비행이 저지됐을 때 불안해서ㅋ

매미가 울어댈수록 필은 적막해졌다. 오래된 잡지를 침대 밑에 두고 자가 발전에 힘을 쓰는 것으로 허전함을 달랬다. 그와 같은 능력밖에 없는 인간에게는 감사하게도 딱 그 정도 욕구 이상은 생기지 않았다. 좀처럼 극복이 안 되는 건 흡연 욕구였다. 필은 편의점 계산대 위에 쌓인 담배들을 뚫어지게 바라보다 번번이 돌아섰다. 비상금이 있긴 했지만, 또 필에게는 비상 상황이긴 했지만, 전날 그랬고 전전날 그랬듯 하루 더 참아보기로 했다. 마트에서 일할 때는 백 원씩 카트에서 떨어지는 돈으로 담배 한 갑은 살 수 있었다. 주말이면 두 갑. 그때를 그리워하며 걷는데 여진에게 전화가 왔다. 사표를 썼다고 했다.

그냥 그렇게 됐어.

홀가분한 목소리였다. 필도 각오했던 바였다. 짐이 꽤 되는데 와줄 수 있겠냐고 했다. 필은 여진이 이성을 잃지 않은 것에 감사했다. 그러나 통화를 마치고 났을 때 어디선가 매미 소리가 들려왔다. 누군가 듣기를 원하며 내는 악착같은 소리였다. 다 이유가 있다던 굿맨의 말이 떠올랐다.

너마저……

필은 자신도 알아듣지 못할 소리를 중얼거리며 도로로 달려 내려갔다. 여진은 전화를 받지 않았다. 버스는 바로 오지 않았다. 버스에서 내린 다음에 육교도 건너야 하는데,라고 생각하자 택시가 그의 앞에 멈춰 섰다. 얼른 타주세요,라고 말하는 듯했다.

도로는 꽉 막혔다. 택시 기사는 막힐 시간이 아닌데,라고 중얼거리며 자신 있게 핸들을 돌려 샛길로 빠졌다. 길은 점점 좁아졌다. 이런 곳이 있었나 싶을 정도로 허름한 집들이 쭉 이어져 있었다. 문들이 활짝 열려 있었다. 시선을 두기 민망할 만큼 조잡한 살림살이였다. 어느 집 마당에 널브러져 있던 개가 그를 잡아먹을 듯 택시 쪽으로 뛰어올랐다. 다행히 굵은 쇠줄에 묶여 있었다. 방 안에 누워 있던 사내아이가 상체를 일으켜 세웠다. 반바지 하나만 입은 새까만 얼굴의 아이는 택시가 안마당에 나타났는데도, 개가 짖는데도, 자기 일이 아니라는 듯 물끄러미 바라보다 몸을 누였다. 눈을 감고 잠에 빠져들었다.

여진은 살인과 찢김과 배신이 난무하는 세계에 둘러싸여 있었다. 책도 그런 것만 골라 보더니 꿈에서 매일같이 살인을 했다. 죽이는 도구도 다양했다. 칼이나 총뿐 아니라 야구 방망이도 있었다.

만약 세상 사람들 꿈이 다 이루어지면, 그건 좋은 걸까?

전날 밤 여진은 필에게 말을 걸었다. 재난영화 두 편을 연달아 보고 나서였다.

다들 좋아하겠네.

필은 그녀에게 등을 보이고 누운 채 말했다. 그 즈음 여진은 살인을 자행하고 있었다. 잠에서 깨자마자 부고 소식이 들어와 있는지 확인했다. 처음에는 가슴을 쓸어내렸다. 시간이 지나자 도대체 왜 아무도 죽지 않는지 진심으로 분통 터져 했다. 전전날 여진은 출근길 자신이 달려오는 걸 빤히 보면서 엘리베이터 닫힘 버튼을 누른 디자인팀 팀장을 화살로 쏴서 죽였다.

아닌 것 같아.

필은 그녀 이마에 도드라지는 핏줄을 봤다.

뭐가?

사람들 꿈이 이루어지는 게 좋은 일이 아닌 것 같다고.

차갑고 무뚝뚝한 말투였다.

아니, 어떤 꿈도 이루어지지 않는 게 이 세상에는 더 좋은 일인 것 같아.

필은 그녀가 하는 말을 이해할 수 없었다. 드디어 정신을 놓았거나 사람을 죽이는 데 질력이 났거나, 그럴 만도 했다.

사수가 말이야, 하고 여진은 말했다. 노선도 한 바퀴를 돌며 역 이름을 호명하고 났을 때 말이야, 그때 기억나?

기억나다 뿐이겠는가. 여진은 이를 갈며 몇 번이나 그 얘기를 했다. 그때마다 필은 달짝지근하고 시큰한 피클의 맛과 함께 모텔도 편의점도 없는 섬을 떠올렸다.

회사를 두고 악담했거든. 오픈하면 사고가 날 거라는 거지. 중간에 데이터가 사라진다든지, 주문을 했는데 주문이 사라진다든지. 그래도 완전 외부 업체는 아니니 땜빵질하면서 어떻게 넘어가긴 하겠지, 하고 또 혼자 중얼거리더니 뭐라는 줄 알아? 그래도 자기는 이 일이 좋다나. 누가 은행장 시켜준다고 해도 마다하고 코딩할 거라나. 진짜 꼴통 새끼.

여진은 필의 목덜미를 그대로 잡아당겼고 다리를 쫙 벌렸다. 얼떨결에 여진의 가랑이 사이로 들어간 필은 열심히 숨을 헐떡였지만 그녀를 만족시켜줄 수 없었다.

빌딩 정문 앞에 택시가 섰다. 택시비가 평소보다 두 배 가까이 나왔다. 비상금을 다 털었다. 필의 걱정과 달리 여진이 일하는 빌딩은 멀쩡하게 서 있었다. 해가 지면서 빌딩의 유리 벽면에도 붉은 물이 들었다.

괜히 택시비만 날렸어.

필은 벤치에 주저앉았다. 먼지구름을 일으키며 빌딩이 수직낙하하길 바라기라도 한 것처럼 낙담했다. 지나가던 중년 남자가 옆에 와서 앉더니 필에게 불을 빌렸다. 구겨진 면바지에 폴로티셔츠 차림의 남자였다. 네 개나 되는 단추가 하나도 채워져 있지 않았다. 목덜미가 붉어져 있었다. 술냄새는 나지 않았다. 필은 남자가 뿜어내는 담배 연기를 흡입했다. 생전 처음 맡는 것처럼 냄새는 매캐하고 자극적이었다. 필은 남자에게 한 모금을 구걸하게 될까 봐 애써 외면했다. 그의 시선은 아직 여진을 토해내지 않은 빌딩으로 향했다. 돛 모양의 곡선이 어떻게 휘어지며 건물 꼭대기에서 직선과 만나는지 눈으로 훑어나갔다. 남자의 시선도 자연스럽게 필을 따라 움직였다.

이 구역이 다 내 일터예요.

남자는 묻지도 않은 말을 하고 담배를 맛있게 빨았다.

어떤 일을 하시는데요?

갈매기 수거요. 간혹 머리 나쁜 갈매기들이 와서 머리를 박거든요. 날개 없는 것들이 섞여 있기도 하고요.

그렇게 골로 가는 갈매기가 하루에 30에서 50, 세 건물을 모두 합치면 60에서 백여 마리가 된다고 했다. 시체가 눈에 띄지 않아야 하므로 캐리어를 끌고 매일 같은 곳을 수십 번씩 돈다는 것이다. 죽은 채 추락하는 것들하고 산 채로 추락하는 것들이 어떻게 다른지 알아요? 산 채로 추락하는 것들은 눈깔이 달라요.

어떻게 달라요?

뭐라고 설명할 수는 없지만 그래요. 남자는 필터만 남은 담배를 끝까지 빨아 당겼다. 남자는 필터만 남은 담배를 손바닥에 대고 비벼 껐다.

안 뜨거우세요?

한번 경험해보고 싶지 않아요?

남자는 꽁초를 손에 꼭 쥔 채 필을 봤다.

아니, 왜요?

필이 묻자 남자는 피식 웃었다. 가로등 불빛이 갑자기 힘을 잃고 희미해졌다. 필은 인간이 무능하기 때문에 두려움을 느끼는 게 아니라고 했던 굿맨의 말을 떠올렸다. 지나의 글이 사라지고 난 어느 날 굿맨이 올린 글이었다.

측정할 수 없는 무한한 능력을 갖고 있다는 걸 알기 때문에 인간은 두려움을 느끼는 겁니다ㅋ

해안 산책로는 한산했다. 강아지를 산책시키거나 운동 중인 사람들이 간간이 눈에 띌 뿐이었다. 여전히 여진은 전화를 받지 않았다. 필은 일어섰다. 택시에서 봤던, 꿈에 잠긴 것 같던 아이 눈빛을 떠올리며 가로수 밑동을 발로 툭 찼다. 마침 바람이 불어왔다. 반달 같기도 하고 돛 같기도 한 빌딩이 콘크리트 바닥 일부와 함께 스카이라인에서 떨어져 나오더니 바다로 미끄러져 내려갔다.

빌딩이 지금 해안에서 떨어져 나온 건가요?

남자가 벤치에서 벌떡 일어섰다.

그런 것 같은데요.

필은 넋을 잃은 채 중얼거렸다.

와, 이런 건 꿈에서도 상상 못 한 일인데요.

남자는 갑자기 두 손을 모았다.

거대한 돛이 된 빌딩이 해안을 벗어나 바다로 나아가는 걸 그들은 지켜봤다. 바람을 잔뜩 안은 돛 위로 새가 빠르게 지나갔다. 필은 문득 깨달았다. 이게 진짜 꿈이라는 거구나. 파란 하늘에 여진의 아이라인이 떠 있었다. 초가을이었다.

가방의 목적

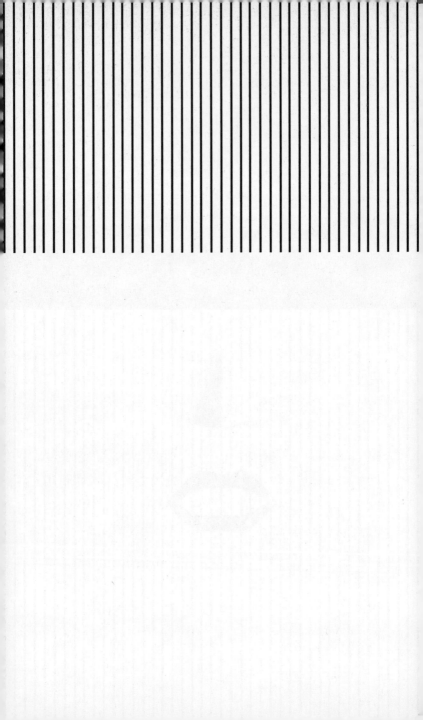

반원 모양의 통이었던 걸로 기억한다. 손 위에 올려놓았을 때 손바닥을 덮는 크기였다. 재질은 플라스틱이고 하얗고 투명했다. 손가락 하나가 쑥 들어가고도 남는 깊이였다. 뭐지? 하고 누군가 안에 든 거름망을 한 번 들었다 놓았다. 정체를 알 수 없는 통에 대한 관심은 거기까지였다. 사람들은 스무 살 여자아이의 가방 속에서 나온 또 다른 것들에 시선을 뺏겼다. 크기가 다른 파우치 두 개, 비즈가 박힌 커다란 손거울, 미소를 짓게 만드는 낡은 곰돌이 무늬 파자마와 뽀얗고 야들야들한 소시지 세 개. 무엇보다 모두의 입을 다물지 못하게 한 건 가방 안에서 끝도 없이 쏟아지던 립스틱들이었다. 딥레드, 딥브라운, 코럴과 같이 대부분 발색이 진한 것들이었다. 카드가 분류되듯 여학생들 손에 의해 색깔별로 종류별로 브랜드별로 나뉘었다.

다 해서 스물아홉 개였다.

막 구입해 테이프도 떼지 않은 종이 상자 속 립스틱 두 개를 제외하고도 그랬다. 잠시 자리를 비웠던 신입 여학생은 이게 다 뭐예요? 하며 천진난만한 얼굴을 들이밀었다. 입구가 열린 텅 빈 가방을 보고 나서야 그녀는 상황을 파악했다. 현실이라는 걸 믿기 힘든 듯 혼란에 빠진 얼굴로 주위를 둘러봤다. 그때 모두들 약속이나 한 듯 한 사람을 바라봤다.

그가 왜 뻔선생이라 불렸는지 알 수 없다. 내가 아는 건 그에게 가방을 뒤지는 이상한 버릇이 있다는 것이었다.

내가 복학과 동시에 행정 조교를 시작했을 때 그는 휴학 중이었다. 나는 한 번도 본 적 없는 그에 관한 이야기를 이틀에 한 번 꼴로 들었다.

"뻔선생하고 한 공간에 있게 되면 내 가방을 내 것이라고 생각해서는 안 돼. 그걸 거부했을 때는 성가신 일들을 감당해야만 해."

우선 옆에서 전전긍긍해하는 그를 견뎌야 한다. 자리를 비울 때마다 잊지 말고 가방을 챙겨야 한다. 깜빡하고 놓고 가게 되면 가방은 뻔선생에 의해 완벽하게 해체된다. 이렇게 말하면 그가 매우 파렴치하고 기괴한 인간으로 보일지 모르겠다. 실제로는 더 기괴한 인간이라고 사람들은 서슴없이 말했다. 그들을 나는 측은한 눈으로 바라봤다. 그러면 그들은 나를 더 측은한 눈으로 봤다. 파우치 안에 굳어진 파우더 가루까지 다 털리고 나면 자신들이 하는 말을 납득하게 될 거라고 했다.

뻔선생이 내세우는 논리는 이러했다.

아침저녁으로 우리는 가방을 실어 나르느라 바쁘다. 서너 살 때부터 이십대 중반을 넘길 때까지. 그 뒤로는 집에서 직장까지, 직장에서 다시 집까지, 잠깐 마트에 갈 때도 가방을 들고 가지 않으면 안 된다. 왜냐? 우리는 가방의 노예이기 때문이다. 인간은 모두 가방을 실어 나르기 위한 존재들이다. 그러니 노예들보다 그들이 든 가방 속을 먼저 확인하는 건 지극히 당연한 일이다.

왜 아무도 뻔선생의 말에 반박하지 않았을까. 아무도 진지해지려고 하지 않았겠지. 때로 그의 별난 행동이 유쾌하게 받아들여지기도 했던 모양이다. 당하는 사람은 괴롭지만 지켜보는 사람들은 흥미진진했으리라. 정작 그는 가방을 가지고 다니지 않았다. 빈손일 때가 대부분이었고 간혹 투명한 비닐봉지를 덜렁거리며 흔들고 다녔다. 비닐봉지는 당연하게도 가방으로서의 본질을 바로바로 상실했다.

그날도 뻔선생은 비닐봉지를 들고 삼선 슬리퍼를 끌며 강의실 문을 열었다. 화학개론 수업이 막 시작됐을 때였다.

"자네는 뭔가?"

태어난 순간에도 노인의 얼굴을 하고 있었을 것 같은 노교수는 녀석의 꼴을 한번 훑어봤다. 뻔선생은 수업받으러 왔습니다,라고 했다.

"책은 가지고 왔나?"

그는 비닐봉지에서 책을 꺼냈다. 천연덕스럽게 노트도 있습니다, 했다. 노교수의 얼굴이 눈에 띄게 창백해졌다.

"나가게."

꾹 참고 간신히 한마디 한 교수에게 녀석은 진지한 얼굴로 물었다.

"출석 체크는 되는 겁니까?"

교수는 손에 들고 있던 교재로 뻔선생의 머리통을 후려쳤다. 순식간에 일어난 일이었다. 다들 당황했지만 누구보다 당황한 건 교수 자신이었다.

조교들 사이에는 교수 주기율표가 있었다.

"하나의 아름다운 표로 만들어진 주기율표는 말씀하신다. 네가 어디에 있는지, 또 네가 어떤 구조로 되어 있는지를 말해. 그러면 난 네가 어떤 반응을 보일지를 말할 수 있어."

교수들의 서열과 실력, 성향에 따라 그가 보일 반응과 행동을 어느 정도 가늠할 수 있었다. 노교수는 자신의 실력 없음과 열정 없음을 평판과 후한 학점으로 무마시키며 버텨나가고 있었다. 평소의 노교수라면 웃고 넘어갔을 일이었다.

어떤 변수가 작용했는지 알 수 없으나 한순간 노교수는 평정을 잃었다. 더 놀라운 건 평정을 잃은 자신의 모습을 목격한 학생들에게 노교수가 퍼부은 D 마이너스의 폭격이었다. 그때껏 리포트 서너 장으로 타당한 사유 없이 학점을 날로 먹어왔던 학생들은 항의 한마디 할 수 없었다. 비난의 화살은 뻔 선생에게로 향했다. 이때만은 다들 진지해졌다. 머리를 다시 분해해서 재조립해도 모자라는 녀석이야. 왜 다시 조립을 해? 그냥 휴지통에 처넣어야지.

파도 파도 끝이 없는 만행과 기행의 주인공이 막상 복학 신청서를 들고 과사무실에 나타났을 때 나는 혼란에 빠졌다.

한쪽 가슴에 초록 꽃무늬가 그려진 흰색 티셔츠를 입은 순진한 얼굴의 남학생은 나와 눈도 제대로 마주치지 못했다. 내가 비어 있는 칸을 지적하자 오른쪽 눈썹을 살짝 올리며 부끄러워했다. 긴장을 했는지 발음도 샜다. 햇볕에 그을린 얼굴에 끝이 약간 처진 큰 눈을 하고 손을 가지런히 모은 그를 보면서 나는 의구심을 품지 않을 수 없었다. 어수룩한 나를 학과 사람들이 제대로 가지고 놀았던 게 아닐까. 아니면 사람들의 농담에 내가 너무 진지하게 반응했던 걸까.

캠퍼스는 도심에서 지하철을 타도 한 시간, 차를 몰고 가도 한 시간 거리에 있었다. 화학과 학부생은 2백 명이 조금 안 됐다. 전임교수는 열세 명이고 과사무실에 나와 같이 행정 업무를 보는 조교 한 명이 더 있었다. 그 해는 어느 해보다

신입생도, 복학생도 많았다. 가평으로 간 과 엠티에도 많은
인원의 학부생이 참석했다.

2층짜리 단독 펜션을 하나 얻었다. 짐을 풀고 앞마당에서
고기를 구웠다. 내가 신입생이던 때와 달라진 게 없었다. 늘
그렇듯 자기소개를 하고 복학생 하나가 시키지도 않았는데
노래를 불렀다. 다른 학생들까지 노래를 부르게 했다. 실내
로 들어와서는 어색하게 둘러앉았다. 뒤로 빠져 있는 교수들
이 일어서면 내 일도 끝이었다. 고된 하루였다. 졸음이 눈꺼
풀을 막 덮으려 할 때 지도교수인 강 교수가 중국 여행을 다
녀온 이야기를 했다. 골목마다 가득한 취두부의 역한 시궁
창 냄새가 처음에는 적응이 안 돼서 힘들었다고 했다. 직접
먹어보고 오묘한 맛을 느낀 뒤로 맛의 세계가 확장되는 경험
을 했다고 했다. 사람에게도 각자 진입 장벽이 있고 그것만
통과하면 못 만날 사람은 없다는 게 그의 생각이었다. 훌륭
하시다. 대부분의 학생이 고개를 끄덕이며 그의 말에 동의했
다. 불과 몇 분 뒤 인간 장벽의 높이를 제대로 실감하게 되리
라는 걸 우리의 지도교수와 그의 말에 동의한 학생들은 미처
알지 못했다. 어떤 조짐이나 예고도 없이 휴대폰 벨소리가
울려 퍼졌고 마침내 그 일은 벌어졌다.

신입 여학생 하나가 휴대폰을 꼭 쥐고 일어섰다. 하필 뻔선
생 바로 옆자리였다. 그에 대해 사전에 어떤 말도 듣지 못했
는지, 아니면 듣고도 깜빡한 건지 복조리 모양의 앙증맞은 핑

크빛 백팩을 그대로 둔 채 펜션 밖으로 나갔다. 모두의 예상대로 뻔선생은 가방에 묶인 끈을 풀었다. 가방 끈이 와서 자기를 당겨보라고 했다는 듯 거침없고 당당했다. 가까이에 앉아 있던 여학생조차 아무런 거리낌 없이 고개를 들이밀었다.

무슨 립스틱이 이렇게 많아…… 그녀는 낮게 읊조렸다. 어, 이거 김연아가 바르고 나온 거 아닌가? 그녀가 립스틱 하나를 빼 드는 동시에 여학생들이 몰려들었다.

마침내 가방 주인이 나타났고 비난의 시선이 쏟아진 뒤에야 뻔선생은 이 사태가 자신에게서 비롯됐음을 깨달은 얼굴이었다. 그는 바닥에 펼쳐진 내용물들을 쓸어 모으기 시작했다. 여학생은 가방이 토해놓은 물건들 중 하나를 움켜쥐었다. 여학생의 표정이 심상치 않았다. 그때서야 사람들은 그녀 손에 들린 걸 주목했다. 투명한 플라스틱 반원 통, 거름망이 있던.

"틀니 통이지?"

나지막하게 중얼거리는 노교수의 말을 듣지 못한 귀가 있을까. 침묵이 흘렀다. 그녀가 뛰쳐나가자 노교수는 어리둥절해했다. 자신이 무슨 일을 저질렀는지 모르겠다는 순진한 얼굴이었다. 그녀와 함께 수업을 받았던 학생들은 서로서로 눈짓을 주고받았다. 그녀에게서 막연하게 느꼈던 거리감의 정체를 그들은 깨닫게 된 것이다. 왜 그녀가 립스틱을 그토록 진하게 바르고 다녔는지, 표정이 늘 부자연스러웠는지, 누구와도 밥을 먹지 않았는지, 입을 크게 벌려 웃지 않았는지. 뒤늦게 동급생 몇 명이 따라 나갔다. 펜션 입구에서 돌아 나가던 택시가 그들보다 여학생을 먼저 발견했다.

나는 부분틀니라는 게 있다는 걸 그때 알았다. 교통사고가 있었나 하는 짐작만 할 뿐 진실은 알 수 없었다. 그녀는 끝내 학교로 돌아오지 않았다. 그날 이후 뻰선생은 어떤 술자리에도 끼지 못했다. 나는 가끔 혼자 밥을 먹는 그를, 휴강 공지를 받지 못해 텅 빈 강의실에 우두커니 앉아 있는 그를 발견했다. 그는 낯익은 얼굴들이 빠르게 자신을 스쳐 지나가는 걸 어리둥절한 채 바라봤다. 뻰선생은 휴학과 복학을 반복했다. 그렇게 되지 않을까 싶었는데 그렇게 됐다.

늦은 밤 뻰선생이 과사무실로 뛰어든 적이 있다. 봄 축제 기간이었다.

"여기 좀 있다 갈게요."

그는 숨을 헐떡거리며 말했다. 그날 나는 모니터 앞에서 꼼짝 못 하고 있었다. 며칠째 그랬다. 아니 몇 달째. 화학과 홈페이지를 만들면서 모든 게 시작됐다. 어쩌다 보니 강 교수의 칭찬을 들었고, 나는 우쭐해졌다. 4원소설과 음양오행설을 연결한, 지금 생각해보면 말도 안 되는 내 논문 초안에도 관심을 보였다. 정신을 차려보니 나는 그가 요구하는 방향대로 논문을 고치고 있었다. 전혀 다른 방향으로. 그날까지 자료 조사를 마쳐야 할 상황에 놓여 있었다. 그가 맡게 된 개론 수업의 강의계획서 작성도 내 몫으로 떨어졌다. 숨도 못 쉬고 작업을 끝마쳤다.

"아직 있었어?"

내 앞에 꼼짝하지 않고 앉아 있는 뻗선생을 발견했다. 그는 한쪽 다리를 심하게 떨었다.

"여기서 뭐해?"

"그냥요."

목소리가 심상치 않았다.

"왜 아직 학교에 있는 거야?"

"그렇게 됐어요."

나는 메일로 작업한 파일을 보내고 부지런히 책상 정리를 했다. 내가 일어서자 뻗선생도 따라 일어섰다. 그가 손을 뻗으면 닿을 위치에 내 가방이 있었다. 각이 진 네모난 서류 가방이었다.

"보여줄까?"

그의 얼굴이 너무 안 좋아 보였기 때문에 나도 모르게 나온 말이었다. 그의 반응은 의외였다.

"됐어요."

"됐어?"

"모든 가방에 다 관심이 가는 건 아니에요."

나름 취향이라는 게 있다는 투였다.

"내 건 구미가 안 당긴다는 거야?"

뻔선생은 부정하지 않았다.

"누나 가방에는 든 것도 없잖아요."

"어떻게 알아?"

가운데가 푹 꺼져 있긴 했다. 나는 그가 보자고 한 것도 아닌데 가방 입구를 크게 벌렸다.

"봐. 노트북 있잖아."

사양이 오래된 노트북을 꺼내자 그의 말대로 가방은 텅 비었다. 상황이 웃기게 됐다. 지갑과 휴대폰은 책상 위에 놓여 있었다. 거 보란 듯 그가 나를 봤다. 뭐 변명하자는 게 아니라, 통근 열차에서 한 시간 넘게 서서 가야 할 상황이면 누구나 그럴 것이다. 아무리 부피가 작고 가벼운 짐도 무거워진다. 그렇다고 해도 이렇게까지 아무것도 없었나? 나는 앞에 달린 지퍼를 열고 주머니 안을 훑었다. 두 개의 눈알을 시커먼 가방 속까지 굴려 넣어 샅샅이 뒤졌다. 립스틱이나 티슈 쪼가리, 하다못해 구겨진 영수증 하나 없었다.

뻔선생이 나를 빤히 봤다. 텅 빈 가방을 들고 하루에 왕복 세 시간씩 통근 열차를 타고 학교와 집을 오가는 내가 몹시 한심하게 여겨졌다.

뻔선생과 함께 교문을 막 벗어났을 때 누군가 그의 이름을 불렀다. 그가 돌아선 순간 욕과 주먹이 함께 날아왔다.

"작작 좀 하라고 새끼야."

남자는 경멸이 담긴 말을 내뱉고 사라졌다. 제대로 얼굴을 얻어맞은 뻔선생은 남자가 사라진 쪽을 멍하니 바라봤다.

불과 몇 시간 전이었다. 고교 동창 몇이 야외 주점에서 막걸리를 마시다 지나가는 그를 불렀다. 얼마 뒤 그는 옆에 앉은 동창의 가방을 열었다. 동의를 구하고 다들 지켜보는 가운데 시작한 일이었다. 가방 주인도 미처 있는지 몰랐던 색색의 콘돔이 가방의 등쪽 주머니에서 나왔다. 충분히 웃어넘길 수도 있는 일이었다. 누군가 콘돔의 출처가 엄마노래방 옆 과부촌임을 확인시켜주었다. 그 자리에 있던 여자친구가 눈물을 뿌리며 사라진 뒤 동창은 한동안 얼이 빠져 있었다. 자신에게 일어난 일이 현실이라는 걸 받아들이는 데 시간이 필요했다. 어느새 날은 어두워졌고 가로등 불빛이 그들을 에워싸고 있었다. 마침내 동창은 빈 소주병 하나를 들었다. 소주병이 화단 턱에 요란한 소리를 내며 깨졌을 때 누군가 뻔선생의 등을 떠밀었다. 그는 죽어라 달리기 시작했다. 그것이 그가 과사무실로 들어서기 직전의 상황이었다. 내게 상황설명을 하는 그의 얼굴에서 반성의 기미는 전혀 보이지 않았다. 다른 사람이라면 결코 생각할 수 없는 뻔선생다운 반응이었다.

뻔선생은 봄 학기가 시작되면 얼굴을 내비쳤다가 가을 학기가 되면 보이지 않았다. 다시 봄 학기가 되면 가출했다 풀이 죽어 돌아온 아이 같은 얼굴을 하고 학교에 나타났다. 학교 밖에서 어떤 일을 겪었을지 대강 짐작이 갔다. 어떤 집단이 그의 행동을 용인해줄 것인가. 경쟁은 또 얼마나 치열할 것인가. 학교야 바깥세상에 비한다면 늘 같은 모습을 하고 있었다. 다른 물질과 잘 반응하지 않는 비활성 기체, 무색무취, 폭발하지도 않고 반응하지도 않는 네온, 아르곤, 헬륨, 크립톤, 라돈 같은 원소들의 세상이었다. 그 상태가 내게는 너무 익숙해서 학교 밖으로 나간다는 게 불가능한 일처럼 여겨지기도 했다. 뻔선생도 나와 크게 다를 바 없었다. 그는 학교에서 사회로, 사회에서 다시 학교로 도망치면서 이십대를 허비하고 있었다. 물과도 불꽃을 튀며 반응하는 원소들과 무색무취의 원소들 사이를 오가면서. 그러나 가을 학기가 시작되기 며칠 전 뻔선생은 자퇴서를 들고 나타났다. 휴학이 아닌 자퇴는 다시 돌아오지 않겠다는 확고한 선언이었다. 축제 때 콘돔 사건이 떠올랐지만 그 정도 일로 자퇴할 뻔선생은 아니었다. 이유를 묻지 않을 수 없었다.

"누나가 전해준 가방 있잖아요."

과사무실 앞에 뻔선생에게 전해달라는 메모와 함께 짐 가방이 놓여 있었던 게 떠올랐다.

"그게 뭐?"

어리둥절해하는 내 얼굴을 보더니 그는 힘없이 웃었다.

"다 누나 때문이에요."

그게 끝이었다. 그는 내게 기분 나쁜 농담을 날리고 학교를 떠났다.

내가 그를 다시 만난 건 3년 뒤, 학교로 향하는 전동차 안에서였다. 뻔선생은 학교를 떠날 때와 달라진 게 없었다. 머리가 좀 짧아졌지만 검게 탄 얼굴에 웃는 건지 마는 건지 알 수 없는 눈웃음까지 여전했다. 그는 종착역까지 간다고 했다. 나는 종착역에서 두 정류장 전에 내릴 예정이었다. 그는 내가 아직도 학교에 적을 두고 있다는 걸 알고 놀랐다.

나는 최대한 어색하지 않게 시선을 떨구고 휴대폰을 봤다. 11시 반이 조금 안 된 시각이었다. 정오는 지나야 학교에 도착할 것이다. 이대로 어깨를 맞대고 나란히 서서 40여 분을 꼼짝없이 가게 되겠구나 싶었다.

강 교수는 나 말고도 몇몇 제자에게 같은 주제로 논문을 쓰게 했고 그 논문들을 죄다 모아 대충 첨삭한 뒤 단독 저서로 출간했다. 강 교수가 힘을 써준 덕분에 나는 계약직 교직원이 됐다. 주위에서 그와 나를 두고 수군댔지만 신경 쓰지 않았다. 내 목표는 바뀌었다. 기왕에 이렇게 된 거, 무기 계약직 교직원이 돼서 정년을 보장받는 것으로.

용산과 노량진에서 사람들이 밀려들어왔다. 그는 내 가방을 받아서 짐칸에 올려주었다.

"진짜 올리고 싶은 짐은 따로 있는데."

"짐이 또 있어요?"

"몸 말이야."

나는 농담이랍시고 한마디 던졌다.

"짐칸에 누워 가는 사람도 있어요."

뻔선생은 아무렇지도 않게 말했다. 올려드릴까요? 하는 얼굴로.

나는 짐칸에 누워 있는 나를 상상했다. 레일 위를 달리는 전동차 짐칸 위의 나는 곧바로 잊힐 것이다. 종착역에 닿을 때까지 아무도 내려주지 않아 난처해하는 내가 떠올랐다. 마침 내 앞에 앉아 있던 구부정하고 깡마른 남자가 일어섰다. 보통 신도림까지 빈자리가 나지 않는데 운이 좋았다. 내가 자리에 앉자 뻔선생이 내 앞으로 와서 섰다. 그는 놀란 눈으로 휴대폰 액정에서 시선을 떼고 나를 봤다. 내가 무심코 던진 질문 때문이었다.

"너 정말 나 때문에 자퇴한 거 아니지?"

그는 자신이 한 말을 아직까지 기억하고 있었느냐고 되물었다. 나는 발끈했다. 그런 말을 어떻게 쉽게 잊을 수 있겠냐고 하자 그는 들고 있던 휴대폰을 내게 내밀었다. 액정을 몇 번 누르더니 중고사이트에 자신이 올린 게시물이라며 보여주었다. 스물한 개의 게시물이 몽땅 다 가방이었다.

"주인 없는 가방들이에요."

뻔선생이 눈을 반짝이며 가방을 하나하나 열어봤을 걸 상상하자 웃음이 터져 나왔다. 누구의 방해도 받지 않고, 눈치

볼 필요도 없이 그는 자신의 욕구를 충족시킬 방법을 찾아낸 것이다.

"파는 거야?"

"네."

"설마 장물은 아니지?"

그는 내 질문에 바로 답을 주지 않았다. 대신 심각한 얼굴로 내게 물었다.

"누난 남자들 자취방에 가본 적 없죠?"

"그럴 것 같아 보여?"

내가 당황하자 뻔선생이 웃었다. 기분 나쁘게 까끌까끌한 질감의 웃음이었다.

"특유의 냄새가 있거든요."

"자취 냄새 말이지?"

"속옷이나 양말을 잘 안 빨아요. 눈에 보이는 게 아니니까 계속 신다가 이부자리 아래나 옷장 밑에다 쑤셔 넣거든요. 그 뒤로는 무의식적으로 처박아놓게 되는 거예요. 그렇게 냄새가 자리를 잡는 거죠. 학기가 끝나고 그걸 어떡하냐면……"

"버려?"

나도 모르게 인상을 썼다.

"버리긴 왜 버려요. 고향에 내려갈 때 커다란 짐 가방에 넣어가지고 가죠. 그런데 깜박하고 기차 짐칸에 두고 내린 거예요."

나도 모르게 신음 소리를 냈다. 그는 내 반응에 동요하지 않고 말을 이었다.

"근데 말이죠, 어차피 가방은 속옷과 양말, 옷가지밖엔 없잖아요. 누군가 가방을 열어본다고 상상하면 쪽팔려 죽을 거같지만요, 가만 생각하면 그 가방 주인이 난지 어떻게 알겠냐 싶었던 거죠."

"참 다행이네."

"네. 다행이라고 생각했죠. 그런데 가방이 학교에 와 있다고 연락이 온 거예요."

나는 난감해하는 그의 얼굴을 바라보면서 미안할 정도로 오랫동안 감탄했다.

"설마 그 가방이 그 가방이었던 거야?"

학과 사무실 앞에 놓여 있던 검은색 짐 가방.

"피가 거꾸로 솟더라고요."

"안에 주소를 적은 태그 같은 게 있었겠지."

"없었어요."

그가 아랫입술을 깨물자 보조개가 깊게 패었다. 가방에 발이 달린 게 아니라면 대체 누가 열차에서 잃어버린 가방을 과사무실에 가져다 놨다는 건가.

열차가 플랫폼에 들어선다는 안내 방송이 들려왔다. 내 옆에 빈자리가 났다. 뺀선생이 앉았다.

"가방을 찾고 제일 먼저 뭘 했을 것 같아요?"

그는 내 쪽으로 약 15도 가량 몸을 틀었다.

"가방을 잃어버렸다고 신고를 했어요."

"찾고 나서 잃어버렸다는 신고를 했어? 왜?"

"가방이 어떻게 나를 찾아왔는지 꼭 알아야 할 것 같았거든요."

아무래도 학교 사람 중 자신을 아는 누군가와 관련 있지 않겠는가,라고 그는 추측했다. 그에게 가방을 털린 누군가가 의도적으로 벌인 일이라고 해도 전혀 놀랍지 않았다. 그런 짓을 벌일 사람이 누굴까. 떠오르는 얼굴이 몇 있었다. 그의 머릿속에는 얼마나 많은 얼굴이 지나갔겠는가. 잠을 이루지 못하고 고민했겠지. 지나가다 마주치는 얼굴도 제대로 쳐다보지 못했을 것이고.

"서울역하고 열차 종착역인 행신역 유실물 센터에 갔어요. 어떤 가방인지 설명을 했는데 모르겠다는 거예요. 안에 뭐가 있냐고 묻길래 절대 잃어버려서는 안 되는 게 들어 있다고 했죠. 친절한 직원이 경찰에 직접 연락을 취해줬어요. 철도 경찰이라는 게 있더라고요. 경찰들이 서울역하고 행신역 주변 CCTV를 훑기 시작한 거예요. 일이 그렇게 커질 줄 몰랐는데 아무튼 대한민국 경찰들이 아주 허투루 일하지는 않더라고요."

그는 어처구니없이 환하게 미소를 지었다. 대한민국 경찰들이 어떤 일에 자신들이 동원됐는지 안다면 그를 가만두지 않았을 것이다.

경찰관 하나가 혹시 열차에 타기 전에 들른 데가 있냐고 물었다. 뻔선생은 열차에 오르기 전 커피전문점에 들렀던 걸 기억해냈다. 따라서 경찰관들은 밤새 커피전문점 근처 CCTV를 뒤졌다.

"그렇게 해서 알아낸 게…… 커피전문점에 들어갈 때부터 내가 가방을 들고 있지 않았다는 거예요."

내 입에서 비명 비슷한 소리가 새어 나왔다.

"처음부터 짐 가방을 열차에 가지고 타지 않았던 거 아냐?"

뻔선생도 나와 같은 생각을 했다.

그는 처음부터 되짚어보기로 했다. 자취방을 찾아간 것이다. 거기서 자신이 가방을 방에서 들고 나가지도 않았다는 걸 알게 됐다. 주인은 그에게 바로 연락이 안 되자 옆방 사람에게 부탁했고, 옆방 사람이 그의 가방을 학과 사무실에 가져다 놓았다.

"뭐야, 그게?"

덜컹거리는 소리가 크게 들려왔다. 뻔선생을 향한 그 어떤 복수도, 미스터리도 없었다. 열차는 간격이 유난히 긴 구간을 지나고 있었다.

"그 일로 깨닫게 된 게 있어요."

뻔선생은 허탈하게 웃었다.

"하루에 5백만 명 정도의 사람이 지하철을 타거든요. 그중에 자기 물건을 깜빡 놓고 내리는 일이 만분의 1, 아니 10만분의 1이라 쳐도 5백 건이잖아요. 한 달이면 1만 5천 건이 돼요. 신고가 들어온 것만 5천 건 정도라니까 지하철을 관리하는 입장에서 보면 유실물은 일상이 되는 거죠. 매년 10만 개가 넘는 가방이 주인을 잃고 미아가 된대요."

"주인이 끝내 안 나타나면?"

"유실물 센터나 관할 경찰서에 보관하다 폐기 처분되는 거죠."

"얼마나?"

"9개월이요."

"짧은 기간은 아니네?"

"이 일을 겪기 전까지는 이런 생각을 한 거죠. 왜 사람들이 가방을 찾아가지 않을까. 근데 그게 아니었던 거예요. 자신이 가방을 잃어버렸다고 생각하는 장소를 정해놓고 한곳에서만 찾으니까 찾지 못하는 거예요. 내 경우만 해도 가방을 기차 짐칸에 두고 내렸다고 생각하는 바람에 그 난리가 났던 거니까요. 가방 주인은 어딘가에서 애타게 가방을 찾고, 또 어디서는 주인 잃은 가방들이 쌓여가고, 그렇게 되는 거죠."

"일리가 있네."

"그때 생각한 거예요. 가방들에게 주인을 찾아줘야겠다."

나는 수긍했다. 누군가 그런 일을 한다면 뻔선생이 딱이었다.

여름방학 동안 그는 폐기 처분되는 가방을 헐값에 사들여 중고사이트에 올렸다. 잃어버린 가방을 애타게 찾는 사람들을 위해서. 더불어 돈벌이가 되길 기대하면서. 그러나 현실과 이상은 달랐다. 예상과 달리 잃어버린 가방을 찾아가는 사람은 없었다. 9개월이면 잃어버린 것들에 대한 미련을 버리기에 충분한 시간이었던 것이다. 대신 가방을 사겠다는 사람들이 나타났다. 따라서 그의 사업 방향도 불가피하게 바뀌었다. 미아가 된 가방을 입양 보내는 것으로.

"그럼 종착역까지 가는 것도……"

"거기 유실물 센터하고도 거래를 터보려고요. 물량이 얼마나 되는지 살펴보기도 할 겸."

그가 가장 최근에 올린 건 여행용 캐리어였다. 가방을 클릭하자 안에 들어 있던 물건이 떴다. 우산, 화장품, 향수, 생리대, 보온병, 외장 하드, 이어폰, 물수건, 고가의 시계. 휴지에 곱게 싸인 앞니 두 개도 있었다.

"이 앞니는 뭐지?"

그는 어깨를 으쓱해 보였다.

앞으로 메는 크로스백인 갈색 가죽가방 안에 가죽장갑, 이니셜 R이 새겨진 반지, 가죽 끈이 있었다.

"이 가방 주인은 바이커겠네?"

"아마도요."

50리터짜리 배낭 안에는 구조용 끈, 사혈 침, 스틱, 헤드램프, AAA건전지와 나침판, 아이젠, 팔목을 덮는 두툼한 장갑과 고글이 들어 있었다. 겨울 산행 중이셨나 보네. 땀냄새와 거친 숨소리, 눅눅하게 녹아내린 눈송이가 눈앞에 펼쳐지는 듯했다. 다음으로 넘긴 페이지에서는 내 시선이 오래 머물렀다. 페도라, 보잉선글라스, 선크림, 향수, 카메라. 완벽한 조합이 아닐 수 없었다. 이 가방이 손에 들려 있으면 바다로 가는 기차를 타는 수밖에 없겠다 싶었다.

20인치 검은색 하드 캐리어 안에 든 하얗고 반짝거리는 스커트 자락을 바라보는데 아무리 봐도 그건 웨딩드레스였다. 그는 놀라기에 이르다며 뭔가를 클릭했다. 접을 수 있는 보스턴백 안에 바싹 말라 미라가 된 고양이가 들어 있었다.

"진짜 놀라운 건 이걸 사고 싶어 안달한 사람들이 줄을 섰다는 거죠."

나는 액정 화면에서 눈을 떼고 뻗선생을 바라봤다.

"죽은 고양이를 뭐하게?"

"그걸 담고 있는 가방 때문에요."

그는 잠시 임산부에게 자리를 양보했다 그녀가 옮겨 앉으면서 내 옆자리로 돌아왔다. 어쩌면 그가 자리를 양보한 건 임산부가 들고 있던, 그녀의 배를 충분히 가릴 정도로 큰 루이뷔통일지 모르지만.

전동차는 지상으로 올라왔다. 정오의 뜨거운 빛이 정면으로 쏟아졌다. 전동차 안에서도 부지런히 움직이는 사람들이 있었다. 나는 그가 서 있는 동안 우리가 나눈 이야기를 되짚어보았다. 그의 이야기에서 중요한 무언가가 빠져 있었다. 마침내 나는 그게 뭔지 알아냈다.

"학교는 왜 그만둔 거야? 굳이 자퇴까지 할 필요는 없었잖아."

그는 대답을 하지 못했다. 내 시선을 피하더니 한 손을 가만히 폈다. 무언가를 쥐듯 손가락을 오므렸다. 내 망막에 선명하게 새겨져 있는 그것, 손바닥을 덮는 반원 모양의 플라스틱 통이 떠올랐다. 그날의 묵직한 공기 질감과 피로감, 찬 강바람과 옷에 밴 고기 냄새 같은 것들이 되살아났다. 자신의 가방에서 나온 것인 줄 모르고 립스틱들을 바라보던 신입 여학생의 천진난만한 표정, 낮게 읊조리던 노교수의 목소리, 학생들의 낮은 탄성.

뻔선생의 얼굴에 안타까움이 스쳤다. 결코 누구에게도 보이고 싶지 않은 가방이 있다는 걸 그 역시 뼈저리게 알게 된 것이다. 그가 안타까워하는 만큼 나도 그가 안타까웠다.

"혹시 가방을 보면 자제할 수 없을 정도로 흥분되는 거니?"

"네?"

"아니, 페티시즘이라는 게 있잖아."

그가 맞은편에 앉은 여자를 바라봤다. 그의 시선은 그녀가 품에 껴안다시피 하고 있는 커다란 숄더백에 머물렀고 나는 플라스틱 장난감 같은 통굽에 매달린 그녀의 자그마한 발을 보고 있었다.

"보통은 발목이나 스타킹, 속옷이라고 생각하지만 아닌 경우도 있거든. 신발에 집착하기도 하고 배설물에 흥분을 느끼기도 하니까. 나는 상처에 집착하는 사람도 본 적 있는데……"

내가 사귀던 남자가 그랬다. 그의 애정을 받기 위해서 나는 종종 자해를 했다. 뻗어가는 내 기억을 그는 재빨리 끊어주었다.

"겁이 나서 그랬어요."

"무슨 소리야? 겁이 나서 남의 가방을 뒤진단 말이야?"

"공항에서 잠시 다른 사람 짐 가방을 맡았다가 검열을 당했는데 가방 안에 마약이 잔뜩 들어 있더라, 그런 일들 있잖아요."

잊을 만하면 심심치 않게 보도되는 일들이다. 열여덟 살 소녀가 자신의 가방을 열어 안에 든 걸 보여주려고 했다가 무장한 군인의 총탄을 맞고 사살된 일도 있었다. 불과 며칠 전에 일어난 일이었다. 어린 소녀의 가방이 얼마나 무서웠으면 무장한 군인이 사살까지 했겠는가. 그러나 그것만으로는 타인의 가방에 집착하는 그의 행위가 설명되지 않았다. 예기치 못한 사건이 그의 마음에 일으킨 화학작용이 분명 있었다. 나는 그를 추궁하지는 않았다. 대신 그의 얼굴을 집요하게 바라봤다. 늘 누군가의 가방을 거침없이 열었던 그가 이제 자신의 가방을 열어 보일 차례였다.

"아버지가요."

마침내 그가 입을 열었다. 나는 그에게 얼굴을 바싹 가져다 댔다. 열차가 플랫폼에 멈춰 섰다.

지금은 고인이 된 뻰선생의 아버지는 평생 뭔가를 날랐다. 열다섯 살 때부터 실어 나르기 시작한 게 첫번째는 신문이었고, 그다음은 우유였고, 또 그다음은 쌀이었다. 처음으로 자기 가게를 갖게 된 아버지는 무거운 쌀을 지고 다니면서 항상 웃었다. 오래가지는 못했다.

여러 불운이 겹쳐 아버지의 쌀 가게는 문을 닫게 됐다. 열차가 움직이기 시작하자 주위가 조용해졌고 그도 목소리를 낮췄다.

"아버지는 택시 운전을 했어요."

"사람을 실어 나르셨네?"

맞은편에서 덜컥거리며 레일 위를 지나가는 열차 소리가 들려왔다.

"네. 그동안 아버지가 실어 날랐던 것들하고는 차원이 달랐죠. 왜 그렇게 우울한 낯짝을 하고 있느냐고 묻는 사람도 있고, 자기가 싫어하는 사람과 목소리가 똑같다고 시비를 거는 사람도 있었어요. 욕도 하고 더럽게 토하기도 하고 짜증을 내기도 하고. 한번은,"

"한번은?"

"여학생을 지하철역에서 대학 건물 안까지 실어다 주게 됐대요. 사회복지사 자격시험이 있었다나 봐요. 대학 정문에서 차들이 앞으로 가지 못하고 줄줄이 서 있었던 거예요. 아버지 딴에는 시험 시간에 늦을까 봐 걱정이 돼서 내려줬는데 이 여학생이 휑하니 가버린 거예요. 목적지까지 가지 않았으니 돈을 줄 수 없다면서요. 미터기에 찍힌 요금은 3천7백 원이었고요. 아버지는 쫓아가서 머리채라도 잡을까 어쩔까 하다 유턴을 했대요. 그걸 가지고 어린 여자애랑 실랑이를 하는 자신을 떠올리자 서글픈 생각이 들어서요. 문제는 그 뒤에 일어났어요. 종로에서 탄 남자가 바닥에 떨어진 여학생의 휴대폰을 건네준 거예요. 벨이 울려서 전화를 무심코 받았는데 생각해보니 괘씸하더래요. 그냥 끊어버렸죠. 휴대폰 벨이 10분에 한 번씩 울렸어요. 아버지는 애를 좀 태운 다음 앞으로 그런 식으로 살지 말라고 점잖게 충고할 생각이었는데 경찰에게서 연락이 왔어요. 아버지는 피의자 신분으로 출두를 했고요."

"왜?"

"몰랐는데 법이 그렇다네요."

"사정 얘기를 해야지."

"했죠. 했지만 증거가 없었어요. 아버지가 휴대폰을 습득한 증거는 있었지만 돌려주겠다고 마음먹은 건 증명할 길이 없었거든요. 아버지는 여학생에게 미안하다고 사과를 하고 위로금으로 50만 원을 건넸어요. 그러고는 몇 날 며칠을 앓아누웠어요. 아버지가 앓아누우니까 어머니까지 앓아누웠어요. 별수 없이 아버지가 일어났죠. 그 뒤로 아버지는 집에까지 이상한 걸 나르기 시작했어요."

"이상한 거?"

"불쾌하고 기분 나쁜 거요. 어디에 옮겨다 놓아야 할지 알지 못하는 감정오물들 같은 거죠, 뭐."

오른쪽에서 왼쪽으로 가는 사람들과 왼쪽에서 오른쪽으로 이동하는 사람들이 끊임없이 우리 앞을 지나갔다. 가방을 끌거나 들거나 메고 있었다. 내가 종종 하는 짓이다. 처음에는 빈자리를 찾아 걷기 시작한다. 간간이 빈자리가 눈에 띄지만 거기가 딱 내 자리라는 생각이 들지 않는다. 계속 걷는다. 무작정 걷는다. 걷기 시작한 걸 멈출 수 없어 걷는다. 그들은 움직이고 나는 바라본다. 그런 나를 또 다른 누군가가 본다. 전동차 차창에 비친 나. 자기 얼굴 보는 걸 두려워하는 순간 어른이 되는 거다. 내 아버지는 말했다. 누구나 다 어른이 될 필요는 없지만 세상이 돌아가려면 어른이 필요해. 그들이 세상을 굴러가게 하거든. 내 아버지도 그랬다. 바깥에서 받은 불쾌한 감정오물을 열심히 집으로 실어 날랐다. 나는 서둘러 독립했다. 아버지에게 무슨 짓을 저지를지 몰랐기 때문에.

"아버지가 마지막으로 실어 나른 건 술 취한 남자 세 명이었어요."

"마지막이라니?"

나는 물었다.

"추돌 사고가 있었어요." 그는 가방의 내용물을 쏟아내듯

166

아무런 저항도 하지 않고 바로 답했다.

"택시가 덤프트럭 사이에 끼었거든요."

나는 어설픈 위로 대신 입을 다무는 쪽을 택했다. 전동차가 레일 위에서 크고 아름다운 곡선을 그리며 움직이는 게 차창 너머로 보였다.

"아버지가 다른 날보다 늦게 왔어요. 고등학생이 되고부터 새벽에 귀가하는 아버지를 맞는 게 내 일이었거든요. 아픈 어머니 대신요. 그날 밤 아버지가 가져온 건 아주 낡은 007가방이었어요. 세 남자 중 누구 것인지 모를 그 가방을 식탁 위에 던져놓았죠. 나는 경찰서에 맡기지 왜 가져왔냐고 했고 아버지는 너무 피곤해서 그냥 왔다고 했어요."

평소와 달리 다정하기까지 한 목소리로 그의 아버지는 말했다. 돈이나 금이 들어 있는 건 아니지 않겠어? 그렇게 중요한 거면 잃어버리지 말았어야지. 아버지는 혼자 묻고 대답했다. 그러더니 갑자기 생각났다는 듯 검은 선글라스를 쓰고 007가방을 들고 택시에 탔던 남자 이야기를 했다. 공항까지 가는 동안 자기가 들고 있는 가방에 뭐가 들었는지 아냐고 묻는 거야. 1백만 달러가 들어 있다고 하더라. 1달러에 천원 하던 때였다. 1백만 달러면 10억? 혹시 택시를 쫓아오는 차량이 있는지 잘 보라더라. 자신을 감시하고 있는 사람들이 있다면서. 아버지는 식탁에 놓인 007가방에서 시선을 떼지 못한 채 중얼거렸다.

뻔선생은 벽돌 모양으로 쌓아 올린 현금 다발을 떠올렸다. 그러자 진짜 가방 안에 자신이 떠올린 모양으로 돈이 들어 있을 것만 같았다. 그가 생각하기에 세상에 일어날 수 없는 일 같은 건 없었다. 그는 비밀번호의 다이얼을 자신 쪽으로 향하게 했다. 작전을 수행하듯 긴장한 얼굴로 다이얼을 돌렸다. 1111. 그는 첫 시도 만에 잠금장치를 풀었다.

가방 뚜껑은 튕기듯 열렸다. 안에 든 게 현금 다발이라고 해도, 폭발물이라고 해도 거부할 수 없는 상태가 됐다.

"007가방에 몇 개의 다이어리가 들어가는 줄 아세요?"

뻔선생이 내게 물었다.

"다이아몬드가 아니라?"

그가 피식 웃었다.

"B4 사이즈 다이어리가 열한 개 들어가더라고요. 한 인간의 11년간 기록이 거기 있었던 거예요."

"그런 걸 가방에 넣어 가지고 다니는 사람도 있어?"

"대학 졸업장, 사원증, 건물 출입증, 동료들과 찍은 사진도 중간중간 끼어 있었어요. 이런저런 인생 계획들도 적혀 있었고요. 일이 잘 될 때도 있고 안 될 때도 있고 억울한 일도 화나는 일들도 있고 그런 거죠. 다들 그러는 것처럼 막 신나는 인생은 아니었던 거예요. 마지막 다이어리 빈칸에 먼저 가게 돼서 미안하다, 좋은 세상에서 만나자, 뭐 그런 글이 또박또박 적혀 있었고요."

입을 벌린 007가방은 방에 들어간 아버지가 다시 나올 때까지 식탁에 놓여 있었다.

뻰선생은 말했다.

"누나, 모든 가방에는 목적이 있어요."

나는 그가 할 다음 말도 알고 있었다. 인간은 그저 가방을 실어 나르는 존재에 불과하다. 수없이 들었던 말인데도 막상 그 말이 뻰선생 입에서 나오자 나는 바로 수긍했다. 그렇구나. 모든 가방에는 목적이 있구나.

가방 주인은 가방을 잃어버렸지만 가방은 자신의 목적을 잊지 않았다. 가방은 새 주인을 찾았다. 뻰선생은 가방이 찾은 새 주인이 아버지였다고 믿었다. 그가 갑작스런 아버지의 죽음을 받아들일 방법은 아무리 생각해봐도 그것밖에 없었다.

문제는 그다음부터였다. 얼굴이 어둡거나 조급해 보이거나 자신이 든 가방을 버거워하는 사람들이 그의 눈에 띄었다. 그들의 가방 안에 뭐가 들었는지 확인하지 않으면 불안해서 견딜 수 없었다. 집에 돌아가서도 편히 발을 뻗고 잘 수 없었다. 그럼 그때 그 신입 여학생도, 너의 눈에는 불안하고 어둡고…… 그래 보였던 거니……

나는 물끄러미 그를 봤다.

"넌 괜찮니?"

내가 왜 그런 질문을 했는지 모르겠다.

"가방 주인에게서 연락이 온 적이 딱 한 번 있어요."

뻔선생의 눈이 유난히 반짝거렸다.

"주인은 아니고 주인의 어머니였어요. 소각시켜달라는 거
예요."

나는 그의 말이 언뜻 이해가 가지 않았다.

"왜? 주인은 어쩌고?"

그는 아무 말도 하지 않았다. 굳어진 그의 표정을 보고서
야 나는 상황을 파악했다.

"소각했니?"

그는 고개를 저었다.

"소각 비용이 입금 안 됐거든요."

"그래서 어떻게 했어?"

내 질문에 뻔선생은 자신의 무릎 위를 봤다. 내 시선이 그
의 시선을 따라갔다. 그의 무릎 위에 놓인 것은 버클이 달린
가죽 서류가방이었다. 내 것과 같은 브랜드의 후속 모델로
새 거나 다름없었다. 확실히 소각하기에는 아까운 물건이라
는 생각을 하다 나는 새삼 감탄했다.

"너도 이제 가방을 들고 다니는구나."

내려야 할 역이었다. 나는 가방을 들고 일어섰다. 늘 들고
다니던 가방인데도 왠지 낯설었다. 내 가방의 목적은 무엇일
까. 뒤져보고 어쩌고 할 필요도 없었다. 오래된 노트북조차

이제는 들고 다니지 않는다. 내 가방에는 아무것도 들어 있지 않았다.

밤은 후드를 입는다

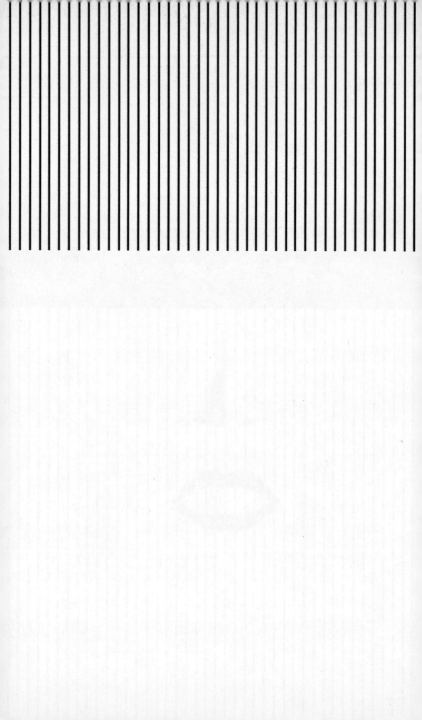

상수가 여자친구와 헤어지자 세상은 캔맥주 네 개를 만 원에 파는 이벤트를 시작했다. 그는 매일 밤 2리터의 맥주를 마시고 잠이 들었다. 이벤트는 끝날 줄 몰랐고 그러는 사이 네 번의 여름이 갔다.

그날도 상수는 만 원짜리 지폐 한 장을 바지 뒷주머니에 꽂고 집 앞 편의점으로 향했다. 아파트 입구 계단에서 후드를 뒤집어쓴 남자와 마주쳤다. 뒤져보면 상수의 옷장에도 하나쯤 있는 회색 후드집업이었다. 둘은 서로를 지나쳐갔다. 후드는 계단 위로, 상수는 계단 아래로.

이상하게 발길이 떨어지지 않았다. 상수는 뒤를 돌아다봤다. 남자가 보이지 않았다. 좋지 않은 예감이 들었다. 입구에서 가장 가까운 곳에 그의 아파트가 있었다. 현관문은 잠겨 있지 않았다. 안방 문은 반쯤 열려 있었고 거동이 성치 못한 아버지는 무방비 상태로 잠들어 있었다. 상수는 계단을 뛰어 올라 갔다. 아니나 다를까. 거실까지 침입한 후드가 열린 방 문 틈으로 아버지를 노려보고 있었다. 엄청난 살기를 띤 채.

아버지가 눈을 뜨고 비명을 지른 게 먼저인지, 후드가 달 아난 게 먼저인지는 확실치 않다. 상수는 주방에서 식칼을 빼 들고 후드를 쫓아 달렸다. 상수가 계단을 내려갔을 때 후 드는 아파트 건물 모퉁이를 돌았다. 상수가 모퉁이를 돌자 후드는 5동과 6동 사이 배드민턴장을 가로질렀다. 담장에 붙은 쪽문이 열렸다. 쪽문은 하천 산책로로 연결됐다. 상수가 산책로에 다다랐을 때 후드는 이미 시야에서 멀어진 뒤였다. 갈대와 억새가 요란한 소리를 내며 흔들렸다.

신고를 받고 달려온 경찰관이 순찰차에서 내렸다. 상수는 후드와 처음 마주쳤던 계단에 서서 경찰관이 터덜터덜 걸어 오는 모습을 지켜봤다. 총이 꽂힌 허리춤에 한 손을 걸치고 있는 폼이 묵직하고 큰 주유기 같았다.

"맥주를 사러 가던 길이었거든요."

상수는 상황 설명부터 했다.

"느낌이 이상해서 돌아보니까 놈이 우리 집으로 들어가는 겁니다. 아버지를 해치려고……"

"안방으로 침입했군요?"

여전히 허리춤에 손을 걸친 채 경찰관이 물었다.

"안방까지는 아니고…… 거실에 있었습니다."

"칼이었습니까?"

"뭐가요?"

"뭐긴요, 무기가요."

"무기요?"

상수가 되물었다.

"아파트 단지에서 식칼을 들고 날뛰는 남자를 봤다는 신고가 들어왔거든요."

상수는 입을 다물었다. 식칼을 들고 날뛴 게 자신이라고 말할 수는 없었다.

"잘못 봤나 보네요. 허위 신고일 수도 있고. 주면산 아시죠? 역 뒤편에 있는." 경찰관은 상수 얼굴을 빤히 보며 말을 이었다.

"산 중턱에서 누가 암매장을 하는 것 같다는 겁니다. 비상이 걸렸죠. 가능한 경찰관이 다 출동해 가보니까 한 노인이 길에서 죽은 동물을 묻어주고 있는 겁니다. 하필 이런 시각에 동물 사체라니. 다들 기막혀하는데 오히려 노인이 화를 내는 겁니다. 별일도 아닌데 요란을 떤다고요."

그때 상수의 머릿속에 뭔가가 떠올랐다. 혹시 그게 개였냐고 물었다. 경찰관이 깜짝 놀라며 어떻게 알았냐고 했다.

"종류가 뭐죠?"

"아주 크고 하얀 개라는 것만 압니다. 직접 본 건 아니거든요."

경찰관은 진심 질색이라는 표정을 지었다.

"저기, 잃어버린 개를 찾는다는 전단지가 골목마다 붙어 있던데 못 보셨어요? 삽살개고요, 털색이 베이지인데 밤에는 하얀색으로 보인다고 적혀 있었어요. 주인이 애타게 찾을 텐데. 만약 그 개가 그 개라면……"

"노인이 왜 그런 짓을 하겠습니까. 말도 안 됩니다." 경찰관은 말 같지 않은 말을 들었다는 듯 한쪽 귀를 팠다.

"저는 순찰을 좀 돌고 가겠습니다."

"살인이 날 뻔했는데 그냥 가신다고요?"

상수는 돌아서는 경찰관의 허리춤을 잡았다.

"놀라신 건 알겠는데 저희라고 뾰족한 수가 있겠습니까?" 경찰관은 안타깝다는 얼굴로 상수를 봤다.

"훔쳐간 것도 없는 데다 무기도 없고, 얼굴도 제대로 못 봤다면서요?"

"한밤중에 남의 집에는 왜 들어오겠습니까?"

"생각보다 그런 인간들이 많아요." 경찰관은 차마 하기 어려운 말을 하듯 뜸을 들인 뒤 말했다. "집안에 오랫동안 아픈 사람이 있으면 아무래도 뒤숭숭하죠. 입맛도 없고, 기운도 없고 뭘 해도 신나질 않죠."

"아시네요."

"저희 아버지도 오랫동안 앓아누워 계셨거든요."

"그게 이 일과 무슨 상관있습니까?"

"그냥 그렇다는 겁니다. 너무 예민하게 생각하지는 마시고요." 경찰관이 미소를 지었다. 돌아서면서 표정이 굳어졌다. 슬쩍 고개를 돌려 그에게 물었다.

"근데 아까부터 이해가 안 되는 게 말입니다. 현관문은 어떻게 열고 들어간 걸까요?"

"잠겨 있지 않았으니까요."

지은 지 30년 된 복도식 아파트였다. 자동으로 문이 잠기는 시스템이 아니었다.

"아버지가 거동도 제대로 못 하신다면서요? 그것도 복도식 아파트 1층에, 사람들이 자주 드나드는 엘리베이터 옆이면 당연히 문단속을 하게 되는 거 아닌가요?"

"열쇠에 이것저것 달린 것도 많고, 거추장스럽기도 하고, 금방 돌아올 생각이라, 집 앞 편의점에 가면서 열쇠를 들고 가기는 좀 그렇잖아요."

"이 새벽에 말이죠?"

상수는 비몽사몽간에 아버지 바지를 벗겼다. 아버지는 그의 도움 없이 일어나 앉기도 하고 텔레비전을 보며 웃기도 했지만 새벽에는 통제력을 잃었다. 기저귀를 갈고 났는데도 아버지의 얼굴이 개운치 않았다.

"빗소리가 시끄럽죠?"

상수는 아버지 머리 위로 손을 뻗었다. 요란한 소리를 내며 비가 창문을 두들겨댔다. 창문을 닫자 방 안이 조용해졌다. 아버지의 눈이 감겼다.

처음 쓰러졌을 때 아버지는 곤히 잠든 것처럼 보였다. 하품도 하고 이도 갈았다. 두번째 쓰러졌을 때는 얼굴이 새까맣게 변해버렸다. 한번 쳐다보기만 해도 가족들 오금을 저리게 하던 사람이 맞나 싶었다. 왼쪽 팔과 다리가 마비돼서 석 달 넘게 병원 생활을 했다. 아버지는 다음에 쓰러지면 자신을 그냥 보내달라고 애원했다.

"눈을 감았다 다시 뜨지 못할 수도 있습니다. 식물인간이 될 수도 있습니다."

의사들은 절대 확정을 짓지 않는다. 늘 그런 것 같다,라고만 했다. 잊을 만하면 일어나는 교통사고, 만성관절염과 허리디스크, 알코올중독과 과로사, 그리고 한쪽만 심하게 삐뚤어진 어깨, 그 위에 얹어진 최소한의 자존심. 아버지와 같은 우체국에서 일하던 동료는 자존심을 지키기 위해 폭우 속에서 우편물을 끝내 버리지 않아 급류에 떠내려갔다. 아무도 다니지 않는 아파트 비상계단에서 숨진 채 발견된 동료도 있다. 꼭대기층에서부터 백 미터 달리기를 하듯 뛰어내려오다 눈높이까지 쌓아 올린 택배와 우편물을 보지 못하고 삐끗하면 그대로 끝이다. 그 모든 불운으로부터 아버지는 스스로를 잘 지켜냈다.

상수는 아버지의 손을 잡았다. 피골이 상접한 얼굴을 보며 진심을 다해 말했다.

"오래오래 사셔야 해요."

잠든 줄 알았던 아버지가 그에게 잡힌 손을 뺐다. 안방을 나서려는데 발길이 떨어지지 않았다. 창문을 닫으며 뭔가를 본 것 같다는 생각이 들었다. 이렇게 비가 오는데 설마, 하면서 창가로 다가갔다. 상수의 심장이 불규칙적으로 뛰기 시작했다. 화단에 누군가 서 있었다. 창문을 활짝 열어젖혔다. 후드였다. 놈이 창밖에서 아버지를 노려보고 있었다. 살기를 가득 안고서. 상수는 절대 놓치지 않겠다는 각오로 쏟아지는 비를 뚫고 달렸다. 후드가 달아난 코스는 지난번과 같았다. 화단을 지나 5동과 6동 사이 배드민턴장, 쪽문, 하천 산책로.

후드는 상수보다 빨랐다. 상수가 죽어라 달리면 후드는 더 죽어라 달렸다. 상수가 속도를 늦추면 후드 역시 속도를 늦췄다. 그 틈을 노려 상수가 달려가자 후드는 기다렸다는 듯 속도를 냈다. 진이 빠진 상수가 멈춰 서자 후드도 멈춰 섰다. 상수를 돌아보더니 따라올 수 있으면 따라와보라는 듯 슬금슬금 뒷걸음쳤다. 평소라면 미련 없이 돌아섰겠지만 상수는 포기하지 않았다. 늙고 병든 아버지를 노리는 한심하고 비겁한 낯짝을 꼭 보고야 말겠다고 다짐했다. 그는 이를 악물고 달렸다.

후드는 하천 중간에 놓인 시멘트 징검다리를 경중경중 뛰어넘었다. 몇 미터 가지 않은 곳에 계단이 있었다. 계단 위로 올라서면 곧게 뻗은 8차선 도로와 만난다. 술집과 카페가 도로 양쪽으로 즐비하게 늘어서 있었다. 어디에도 후드는 보이지 않았다. 대신 소도시에 어울리는 소박한 2층짜리 벽돌 건물이 빨간 우체통과 함께 비를 맞고 서 있었다. 퇴직할 때까지 아버지가 15년을 근무한 우체국이었다.

상수는 경찰관에게 후드의 출몰 소식을 알렸다. 비는 그쳤고, 가로등 불빛은 물기를 머금고 있었다.

"단순하게 집을 잘못 찾아온 건 아닌 것 같네요."

경찰관은 인정했다.

"언제쯤 오시겠습니까?"

"바로 그쪽으로 가겠습니다."

경찰관은 선선히 대꾸했다.

"우체국 앞에서 기다리고 있겠습니다."

"아뇨. 근처에 수상한 사람이 있는지 제가 알아서 순찰을 돌겠습니다."

"자세한 얘기를 들으셔야 할 것 같은데요. 현장 조사도 하셔야 하는 거 아닙니까?"

갑자기 정적이 흘렀다.

"당장은 어렵겠고요."

"지금 오겠다면서요?"

"변명같이 들리겠지만, 2주 전에 동료가 갑자기 병가를 냈거든요. 본사에서 인원 충원해줄 생각은 않고 돌아가면서 한 명씩 파견 근무를 오는데, 어떤 날은 그것마저 빼먹어요."

"그래서 언제 오겠다고요?"

어이가 없어서 화도 나지 않았다.

"말하지 않았습니까. 본사에서 오는 대로 바로 출발합니다."

두 시간 뒤, 상수는 분을 이기지 못한 채 집으로 돌아왔다. 경찰서 홈페이지를 민원 글로 도배하리라 마음먹었지만, 집 안으로 들어서자 만사가 귀찮아졌다. 무슨 사정이 있는지 모르니…… 일단 파출소로 전화를 걸었다. 정말 경찰관이 한 명뿐인지 낯익은 목소리가 전화를 받았다. 상수의 목소리가 격해지자 경찰관은 상수의 전화를 받고 난 뒤 자신이 상대해야 했던 인간들에 대해 읊었다. 쇼핑센터 마감 시간에 쇼핑백을 가득 들고 가다 도둑으로 몰린 택배 노인, 돈 10만 원을 갚지 않는다고 친구네 돌잔치 선물로 나눠줄 수건을 몽땅 훔친 부부, 헌옷 수거함에서 옷을 꺼내 입었다고 신고를 당한 몽골 청년. 영어유치원에 다니는 아들을 매일 아침 데려다주기까지 해야 한다고 푸념했다.

쉬지 않고 주저리주저리 늘어놓더니 교대하는 대로 오겠노라고 명랑하게 말했다.

"인제 와서 뭐하시게요."

상수의 한마디에 수화기 너머가 조용해졌다.

"사람들이 어떻게 사막을 건너는지 아십니까?"

경찰관이 갈라진 목소리로 물었다.

"낙타를 타고 건너겠죠."

"밤이 되면 낙타에게 주인이 두르고 있던 터번을 준답니다. 낙타는 그걸로 뭘 하는지 아십니까?"

"주인 냄새라도 맡으며 자나 보죠?"

"밤새 패대기를 칩니다. 분이 풀릴 때까지요. 다음 날 낙타는 주인을 태우고 짐을 싣고 다시 사막을 건넌다는 거죠. 말썽 없이요."

"당신이 그 터번이라, 이겁니까?"

"낙타가 진짜 영리한 동물이라는 거죠." 경찰관은 실없이 웃었다. 곧 진지한 목소리로 물었다.

"혹시 하시는 일이?"

"보셨잖아요. 그냥 집에 있습니다."

"그럼 전공이?"

"경영학 쪽입니다만."

"계속 공부를 하셨군요."

"하고 싶은 말이 대체 뭡니까?"

"댁은 훌륭한 아버지를 뒀다는 겁니다. 번듯한 집도 있는데다, 주무관으로 퇴직하셨다면서요. 연금이 따박따박 나올 거 아닙니까?"

"경관님도 연금 받으실 거 아닙니까?"

"저야 멀었죠. 그사이에 무슨 일이 생길지 알겠습니까. 하지만 그쪽은 게임 끝난 거 아닙니까. 건강하시면 더 좋겠지만 혹 아버님이 잘못되셔도 배우자분이 승계받으실 테고요."

"어머니는 재작년에 돌아가셨습니다."

상수는 자신도 모르게 목소리를 낮췄다. 어머니는 저녁 찬거리를 사러 시장에 갔다 집으로 돌아오는 길에 쓰러졌다. 손써볼 겨를도 없었다.

"미성년 동생도 없겠네요?"

경찰관 역시 목소리를 낮춰 묻는 바람에 상수의 양쪽 귀가 새빨개졌다.

"그럼 진짜 아버지를 잘 지켜야겠네요."

처음 듣는 말도 아닌데 상수는 새삼 상처받았다. 상수를 아는 사람들은 꼭 한마디씩 던졌다. 아버지 잘 모셔. 경찰관 말대로 연금을 승계할 배우자도 없고 미성년인 자식도 없었다. 연금이 끊긴다면 고요한 밤도, 이벤트도 끝장날 판이었다. 경찰관은 세상에 이보다 더 급하고 중요한 일은 없다는 듯 한마디 한마디에 힘을 주며 말했다.

"열 일 제치고 가죠. 출근하자마자요."

간신히 잠이 들었던 상수는 한 시간도 지나지 않아 깼다. 새벽에 전화벨을 울린 상대는 경찰관이었다. 직접 보고 얘기해야겠지만 지금은 그럴 수 있는 상황이 아니라고 했다. 목소리에서도 급박함이 느껴졌다.

"어디신데요?"

"아파트 단지 앞 공터에 있습니다."

주위를 휘휘 둘러보고 있는 모습을 연상케 하는 목소리로 경찰관은 말했다.

"거기서 뭘 하시는데요?"

상수는 완전히 잠이 깬 상태로 물었다. 어쩐 싸한 기분이 들었다. 늘 호출을 하던 자신이 반대로 호출을 받게 됐기 때문인지 아니면 그가 아버지를 지키려는 순수한 의도를 의심받았기 때문인지 알 수 없었다.

"찾았습니다."

"잡았습니까?"

"설명하자면 길지만 아무튼 한 명이 아니에요."

"또 있다는 건가요?"

기가 막혔다.

"아파트 앞에 차를 대자마자 후드를 뒤집어쓰고 어슬렁거리는 놈이 있는 겁니다. 한눈에 보기에도 이놈이다 싶었죠. 별 저항도 하지 않는 겁니다."

경찰관은 숨을 고르더니 말을 이었다.

"뭘 하냐고 물으니까 산책을 나왔다는 겁니다. 눈빛이 기분 나쁘게 살벌한 겁니다. 그런 인간들이 꼭 엉뚱한 사고를 치거든요. 아무래도 그대로 돌아갈 것 같지 않아 겁을 좀 주려고 했죠."

"어떻게요?"

"옆구리에 총구를 들이대고 장전을 했습니다. 그런데 그게……"

"쐈나요?"

상수는 주유기에서 주유건이 뽑아져 나오는 모습을 떠올렸다.

"쏘긴요." 경찰관은 펄쩍 뛰었다. "총구만 들이댔는데 그대로 뻗어버리는 겁니다."

"기절했어요?"

"숨을 쉬지 않는 겁니다."

경찰관 목소리가 높아졌다.

"총을 장전만 했는데 숨이 멎나요?"

"이런 일이 있다는 얘기를 듣긴 했지만 직접 겪어보니까 이게 뭔가 싶더라고요."

총의 용도는 단 하나고, 그 용도를 모르는 사람은 없었다. 주유기에 연결된 펌핑 장치와는 차원이 다른 것이다. 그렇다 해도 그렇지. 괜히 상수가 부끄러워졌다. 그는 고개를 들고 창밖을 내다봤다. 창 너머 복도 외벽이 보였고 그 너머로 고만고만한 상가 건물들이 눈에 들어왔다. 상가 굴뚝의 비상등이 깜박거리고 있었다. 그 위로 토막 난 달이 떠 있었다. 참 허접하기 그지없는 존재가 아닌가, 하는 생각이 들었다.

"확실히 죽었다고 할 수도 없어요."

경찰관이 자신 없는 목소리로 말했다.

"숨을 쉬지 않았다면서요?"

"차 뒷자리에 태울 때까지는 그랬죠. 담배 한 대를 피우고 온 사이에 사라지고 없는 겁니다."

"시체가 말입니까?"

"뒤집어쓰고 있던 후드집업만 남아 있는 겁니다."

경찰관은 자신이 말해놓고도 믿기지 않는다는 목소리였다.

"혹시 숨을 쉬지 않는 척했던 거 아닐까요?"

"그랬는지도 모르죠. 이제 와서 생각해보면 다 의심스럽지만요. 아무튼 누군가 더 있다, 이런 생각이 드는 겁니다."

말하는 목소리에 힘이 들어갔다.

"좀더 기다려보기로 했죠. 글쎄 한 시간도 지나지 않아서 똑같은 후드집업이 나타나더니 아파트 근처를 어슬렁거리는 겁니다."

"그래서 그놈은 잡았습니까?"

"이놈은 첫번째 놈보다 빠르고 날렵해서요."

"둘 다 놓쳤다는 말인가요?"

"말이 그렇게 되나요?"

"참 장하십니다."

상수는 리모컨을 움켜쥔 채 거실 소파에 몸을 누였다. 졸음이 올 때마다 벌떡 일어나 안방으로 달려갔다. 인기척에 놀란 아버지가 그때마다 잠에서 깼다. 그는 아버지 입가에 흘러내린 침을 거즈 수건으로 닦아냈다. 아버지는 그를 물끄러미 바라봤다. 그는 아버지의 시선을 피하지 않았다. 아버지가 먼저 그의 시선을 피했다.

기억도 나지 않는 아주 사소한 말다툼이었다. 늘 그랬듯 여자친구가 먼저 전화를 걸어올 줄 알았다. 시간이 지나자 연락할 수 없게 됐다. 진심 어린 메시지를 보낸다고 해도 그녀에게 가닿을 것 같지 않았다. 진심이라니. 부질없다. 그런 생각이 들 때마다 몸에서 알코올이 필요하다는 신호를 보내왔다. 상수는 지폐 한 장을 주머니에 찔러 넣고 아파트를 나섰다. 문단속을 하지 않은 게 생각났지만 되돌아가지는 않았다. 맥주를 사 들고 돌아오는 아파트 입구 계단에 이르렀을 때 상수는 갑자기 불안해졌다.

'후드가 벌써 집 안에 들어와 있는 게 아닐까.'

현관문이 활짝 열려 있었다. 후드가 어두운 거실 한가운데서 잠든 아버지를 노려보고 있었다. 먼젓번 놈보다 키가 컸다. 경찰관 손에서 빠져나간 두번째 놈이 분명했다.

상수가 달려들자 후드는 베란다 창으로 몸을 날렸다. 허들 선수처럼 난간을 가볍게 뛰어넘었다. 지난번 후드보다 확실히 몸이 유연했다. 상수도 따라 난간을 넘었다. 후드에 비한다면 그의 폼은 말도 안 되게 엉성했다. 후드가 달아난 코스

는 전과 같았다. 상수는 두 주먹을 불끈 쥐고 지독한 악취를
풍기는 하천 산책로를 달렸다.

이번에도 상수는 우체국 건물 앞에서 돌아서야 했다. 새벽
의 지하철역은 한산했다. 아직 늦은 시각이 아닌데도 상점들
불이 다 꺼져 있었다. 불 꺼진 쇼윈도 앞을 지나던 상수는 걸
음을 멈췄다. 고개를 들자 한 남자가 상수를 보고 서 있었다.
꼬락서니를 보니 노숙자였다. 냄새도 지독했다. 눈이 마주
치자 상수를 향해 손을 뻗었다. 상수보다 더 어려 보였다. 손
을 잡아달라는 것 같기도 했고 구걸하는 것 같기도 했다. 상
수는 돌아서서 걸었다. 달렸다. 우체국 앞까지 이르렀다. 돌
아보니 남자는 사라지고 없었다. 우체국 건물 모퉁이를 돌았
다. 잠시 망설이다 2층으로 이어지는 철제 계단을 성큼성큼
올라갔다. 손잡이를 돌리자 잠겨 있을 줄 알았던 철문이 열
렸다. 창문으로 들어오는 가로등 불빛에 건물 내부가 희미하
게 빛을 냈다. 심장이 뛰기 시작했다. 설마 그것들이 아직,
거기, 있을까?

그가 제대하고 처음 아버지의 점심 도시락을 들고 간 날
이었으니까, 10년 전이다. 저도 모르게 등을 곧게 펴게 되
는 2층 대기실, 그 조용하고 간결한 공간에서 상수는 아버지
를 기다리곤 했다. 지하철역이 생기기 전만 해도 작은 동네
였다. 모든 우편물이 책임자인 아버지 손을 거쳤다. 집에서
아버지는 자기만 아는 고집불통이었지만 우체국에서는 달랐

다. 스탬프를 찍는 순간 느끼는 통쾌함을 아버지만큼 제대로 살릴 수 있는 집배원은 없었다. 우편물 분리 작업이 끝날 즈음 상수는 어머니가 싸준 점심 도시락을 배달했다. 점심 식사를 마친 아버지는 집배 오토바이를 몰고 나갔다. 커다란 집배 가방을 걸친 아버지가 거치지 않는 골목은 없었다. 명절이나 연휴처럼 우편물의 양이 많을 때면 아버지는 배달을 마치고 와서 스탬프를 찍었다. 상수는 창가에 엉덩이를 걸치고 앉았다. 햇볕을 듬뿍 받은 팬지나 데이지 화분 사이로 우체국 앞마당이 보였다. 타일은 원을 그리며 끝없이 돌았다. 가을 햇살이 제법 따가웠다. 상수는 창에서 물러섰다. 그늘 속은 너무 서늘했다. 그는 몸을 움직였다. 물류 창고를 지나 복도 끝에 위치한 문서 창고 앞에 이르렀다. 열린 문틈으로 창고 안을 들여다보던 그는 뭔가 이상하다는 생각이 들었다. 바깥에서 볼 때 측면 쪽에 작고 낮은 창이 하나 있었다. 도시락을 실어 나르면서 늘 그게 어떤 창일까 궁금했다. 창문이 열리는 걸 한 번도 본 적 없었기 때문이다. 그러나 문서 창고 안 어디에도 창문이 보이지 않았다. 문을 밀고 안으로 들어섰다. 누군가 있다. 아니 무언가. 그는 벽을 둘러싼 책장을 주먹으로 두드려보았다. 가볍게 통 소리를 내는 벽 앞에 섰다. 정확히 말한다면 벽이 아니라 합판 앞에. 자물쇠가 틀어진 채 틈이 벌어진 쪽문을 발견했다. 몸을 숙여 기다시피 안으로 들어갔을 때 그가 목격한 것은 우편물들이었다. 그의 키를 뛰어넘었다. 퀴퀴한 냄새가 났다.

학원 광고지나 백화점 세일 전단지, 보험 팸플릿 같은 것들이었다. 불과 몇 주 전 것도 있고, 수년이 지나 누렇게 변색된 것도 있었다.

아버지가 집배원이 되려던 시절엔 자신이 무슨 일을 하고자 하는지만 고민하면 됐다. 시간이 지날수록 세상은 어렵고 복잡해졌다. 상시 계약, 위탁, 특수와 같은 이름이 집배원 앞에 붙었다. 엄청난 우편물도 처리해야 했고 일당, 수당, 계약 기간과 해지 항목 같은 걸 숙지해야 했다. 아버지가 살아남을 수 있었던 건 운만으로는 어림 없는 일이었다. 어디에도 가닿지 못한 우편물들은 아버지가 열악한 환경에서 감당할 수 없는 업무량을 어떻게 감당했는지를 보여주는 증거였다. 그러니까 아버지의 숨겨진 진짜 능력은 사고가 터져 배상을 하거나 징계를 받을 만한 우편물과, 버려져도 그만인 우편물을 가려낼 줄 안다는 것이었다. 아버지가 버려도 그만이라고 판단한 우편물 속에는 상수 이름이 찍힌 응시 서류도 있었다.

항해사라는 말만 들어도 가슴이 뛰던 그가 외항 상선 과정을 치르기 위해 보낸 서류는 동네 우체국도 벗어나지 못했다. 왜 고되고 힘든 일을 사서 하려는지 이해할 수 없었던 아버지에 의해 소인조차 찍히지 못한 채 창고 안에 처박혔다. 새로운 인생을 꿈꾸던 상수에게 날아온 것은 고대하던 합격 서류가 아닌 입영 통지서였다.

"오늘도 나타났습니까?"

경찰관은 활기찬 목소리로 물어왔다.

"왜 안 나타났겠습니까?"

상수는 대꾸했다.

"잡았습니까?"

"놓쳤습니다."

"얼굴은요? 이번에도 확인 못했습니까?"

"지금 누가 누구한테 보고를 하는 겁니까?"

상수는 발끈했다.

"하, 걱정이 돼서 이러는 거 아닙니까."

"오늘도 꽤 바쁘셨겠네요."

경찰관은 상수가 비아냥거린다는 걸 알았지만 무시했다.

"오늘도 거룩한 밤이었죠. 술에 취하면 순찰차를 타고 귀가하고 싶어 하는 인간들이 꼭 있다니까요. 완전 상습범이죠. 술집 앞에 엎어져 있고 지하철역 계단에 누워 있고 길바닥에서 자는 인간들을 수거해 집까지 모셔다 주고 돌아왔는데 또 전화통에 불이 난 겁니다. 차를 도둑맞았다고요. 기초 조사를 하고 현장 조사도 마치고, 수배망에 도난 차량 등록까지 끝냈는데 차주에게서 전화가 왔습니다. 죄송한데 장소를 착각했다나요. 왜 차를 찾아보지도 않고 도둑맞았을 거라는 생각부터 하는지 모르겠습니다. 불안해서 어떻게 잠들은 주무시는지. 부인이 밥에 독극물을 탄 것 같다고 신고한 남자도 있었죠. 참, 옆집 사는 남자한테 왜 따라오냐면서 전기 충격기를 들이댄 여자분도 서로 모셔왔죠."

경찰관은 그에게 넋두리를 하는 데 재미를 붙인 듯했다. 저기요, 하고 상수는 간신히 경찰관을 불렀다.

"우편물들이 있었습니다."

잠시 침묵이 흘렀다.

"아버지가 아주 오래전부터 보내지 않은 우편물들이, 아직 우체국에 있어요."

상수는 후드가, 어쩌면 후드들이 조직적으로 아버지 주위를 맴도는 게 그 우편물들 때문인 것 같다고 했다. 우편물을 받지 못해 앙심을 품은 게 분명했다.

"앙심을 품을 만큼 중요한 우편물이 있었던 겁니까?"

경찰관은 상수가 하는 말을 좀처럼 이해하지 못했다.

"그런 게 아닐까요?"

경찰관의 회의적 반응에 상수는 자신감을 잃었다.

"좋습니다. 받지 못한, 보내지 못한 우편물 때문에 당신 아버지에게 앙심을 품었다고, 그랬다고 칩시다."

감사하게도 경찰관은 크게 인심을 썼다.

"중요한 건 후드 따위가 아닌 것 같은데요."

"그럼 뭐가 중요합니까?"

"그 우편물들이 왜 아직까지 남아 있느냐는 겁니다. 생각해보세요. 아버지가 퇴직한 게 5년 전이라면서요."

상수도 경찰관과 똑같은 의문을 품었다. 그는 조심스럽게 말을 꺼냈다.

"좀 이상한 게 있긴 했습니다."

"쌓여 있는 우편물들이 그때보다 더 많아졌군요?"

경찰관은 어떻게 돌아가는 시스템인지 알겠다는 투였다.

"네. 10년 전, 아니 5년 전 것만 있는 게 아닌 거예요. 날짜를 봤더니 불과 몇 주 전 것들도 있어요."

"선임을 아주 잘 따라하는 후임들이네요. 우편물들부터 없애야겠어요."

"네?"

"그렇게 계속 우편물이 사라지다 보면 언젠가는 드러나지 않겠습니까? 과거 일들까지 까발려질 거 아닙니까?"

상수는 비로소 자신이 크게 잘못했음을 깨달았다. 우편물들의 진짜 문제는 그것들이 아버지의 직무 유기를 증명할 증거들이라는 것이었다. 아버지가 하지 못했다면 그라도 처리를 했어야 했다. 경찰관 말대로 후드 따위는 문제가 되지 않았다. 매달 송금되어오는 돈이 끊긴다면 더 이상 아버지를 지킬 수 없었다.

"방법이 있겠습니까?"

"파쇄를 하는 게 가장 좋겠지만 그것도 번거로운 일이고. 누구 눈에라도 띄면 난처해지겠죠? 들어보니까 우체국에서

담배꽁초를 부주의하게 떨어뜨려 화재가 심심치 않게 난다
던데요."

"경찰이 공공건물에 방화를 하시게요?"

"내가요?"

경찰관은 되물었다. 곧 상수의 귀에 바람 빠지는 소리가
들려왔다.

"그냥 그런 일들이 꽤 자주 일어난다는 사실을 알려드리는
겁니다."

"알려만 준다고요?"

"솔직히 범인을 잡는다고 해도 내게 돌아오는 실익은 없잖
습니까?"

"실익이요?"

"실적이요."

경찰관은 비로소 솔직해졌다. 상수는 탄식했다. 그를 제외
하고 아무도 아버지를 지키는 일에는 관심이 없었다.

"내가 방화범으로 잡히면 경찰이 사주를 했다고 꼭 말하죠."

상수는 화를 억누르며 말했다.

"또 왜 이러십니까?"

경찰관은 상수를 어르듯 말했다.

"말했던가요? 2주 전까지 함께 근무하던 경위가 병가를 냈
다고. 왜 그랬는지도 내가 말했습니까? 안 했죠? 그날도 야
간 순찰을 돌려고 나왔습니다. 동료하고 함께 말이죠. 그런

데 이 똥차가 앞으로 나가지 못하는 겁니다. 1999년형 베르나였거든요. 차만 지나가면 동네 개들이 에워싸고 짖어대는 겁니다. 왜겠습니까. 녀석들 보기에도 우습다 이거죠. 이 똥차가 그날따라 계속 헛바퀴만 도는 겁니다. 무리해서 출발을 시켰죠. 파출소 앞마당을 벗어나지 못했지만요. 바퀴 밑에 사람이 깔렸거든요. 하필 순찰차 밑에서 자고 있었던 겁니다. 그게 어디 제정신으로 할 짓입니까. 어떻게 차바퀴 밑에서 잠잘 생각을 합니까."

"그래서 어떻게 됐습니까?"

"어떻게 됐겠습니까. 소리 한 번 못 질러보고 황천으로 갔죠. 그나마 연고자도 없고, 집도 없는 노숙자라 탈 없이 마무리됐죠. 동료는 병가를 냈지만요. 근데 본부에서 어떻게 했는지 아십니까. 중형 세단으로 차를 바꿔주면서 인원 충원은 안 시켜준 겁니다."

"운전을 동료가 했나 보죠?"

"그렇죠? 그렇게 생각하는 게 그나마 정상이겠죠?"

경찰관은 텅 빈 목소리로 말을 이었다.

"지금 당신이 얼마나 엄청난 운발로 살아남았는지 잘 한번 생각해보세요. 그게 얼마나 지속될지도 말이죠."

"정말 친절하시네요."

대답하는 순간만은 상수도 진심이었다.

상수는 담배 한 개비에 불을 붙였다. 아버지의 두 눈에 생기가 돌았다. 상수는 담배 한 모금을 빨고 아버지 입에 물려주었다. 아버지는 기회를 놓치지 않으려는 듯 목에 핏대까지 세우며 억세게 빨아 당겼다. 순간 아버지가 느꼈을 현기증이 상수에게 고스란히 느껴졌다. 흡연 5분이 지나면 혈압이 상승하고 심장박동수가 증가한다. 혈관이 막힐 수도 있고 발작을 일으킬 수도 있다. 아버지의 눈이 풀리자 상수는 꽁초를 약봉지 위에 비벼 껐다. 그는 다른 날과 다름없이 문을 잠그지 않은 채 집을 나섰다.

우체국 2층 측면에 난 작은 창문 하나가 반짝하고 빛을 냈다. 금방 사그라질 것 같던 빛은 꽤 오랫동안 창을 밝혔다. 아버지는 기억하고 있을까. 아주 오래전 아버지 손을 잡고 비좁고 어두운 골목을 간 적이 있다. 초등학교에 입학하기 전이었다. 아버지는 서울 북부의 아주 큰 우체국에 다녔다. 집에서 걸어 15분 거리였다. 무슨 일인지 몰라도 그는 우체국으로 아버지를 마중 갔다. 아버지는 담배를 사 가지고 가야겠다며 낯선 길로 방향을 틀었다. 어두컴컴하던 골목이 갑자기 환해졌다. 무섭게 화장을 하고 몸이 울룩불룩한 여자들이 형광등 불빛 아래 늘어서 있었다. 그녀들은 아버지의 손을 잡아끌었다. 얼굴을 만지기도 하고 옷자락을 잡아당기기도 했다. 아버지는 그의 손을 놓지 않았지만 여자들 손을 뿌리치지도 않았다. 따라오던 여자들이 아버지에게서 떨어지면 조금 앞에 서 있던 여자들이 다시 달라붙었다. 골목을 빠져나갈 때까지 상수는 숨을 쉴 수 없었다. 아버지가 일부러 그런 곳으로 자신을 데려갔을 리 없다고 생각했다. 그러나 아버지가 모르는 골목은 없었다. 상수는 아버지의 손을 꼭 잡았다. 언제 아버지가 그의 손을 놓고 가버릴지 몰랐다. 상수가 겁이 났던 건 아버지도 그걸 원하고 있었다는 것이다.

그때 아버지는 컸고 그는 작았다. 지금은 그가 아버지보다 더 컸다. 아버지가 그랬던 것처럼 그 역시 손을 놓는 일은 없을 것이다. 적어도 지독하게 어두워서 아무것도 보이지 않는 이 골목을 빠져나갈 때까지는.

창이 완전히 빛을 잃고 어둠에 묻히는 걸 확인한 뒤 상수는 돌아섰다. 그는 도로를 쭉 따라 걷다 횡단보도 앞에 섰다. 동이 트면서 사물들이 또렷해졌다. 상수의 눈에 가장 먼저 띈 것은 횡단보도 반대편에 서 있는 후드였다. 첫번째 놈도 아니고 두번째 놈도 아니었다. 키가 작고 마른 놈이었다. 감출 게 없다는 듯 모자를 뒤집어쓰고 있지도 않았다. 꽤 거리가 떨어져 있는데도 살기가 느껴졌다. 그러나 상수도 겁날 게 없었다.

신호가 바뀌자 후드가 그를 향해 걸어왔다. 상수도 후드를 향해 걸어갔다. 이번에는 상수가 후드보다 한발 빨랐다. 서로를 스쳐 가는 순간 상수는 돌아서서 후드의 목을 감아버렸다. 후드보다 큰 키를 이용해 턱으로 정수리를 찍어 누르며

목을 조였다. 죽어라, 제발 좀 죽어.

특이할 것 없는 아침이었다. 도로 신호등이 불안하게 깜빡거리며 사람들이 거리로 쏟아져 나오기만 기다렸다. 하늘을 뒤덮은 후드들로 날은 잔뜩 흐렸다.

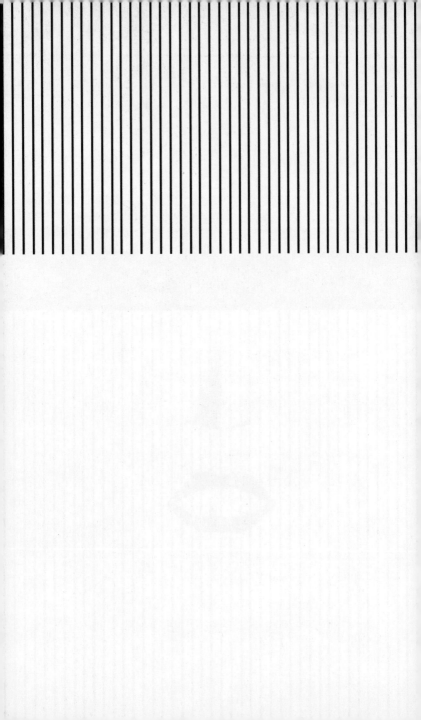

온통 바람이다. 벌판의 바람은 시도 때도 없이 불어댔다. 오래전 개발 바람이 불면서 들어섰던 가건물들이 다 헐리고, 유일하게 남은 한 채만 벌판 위에 서 있다. 나로 말하자면 가건물 한 귀퉁이에 〈머리치장〉이라는 간판을 달고 미용실을 하고 있다. 타이어가 신발보다 싸면 그게 타이어야?라고 묻는 영특한 일곱 살 딸아이와 합판을 막아 만든 가게 뒷방에서 산다.

일단 가게 문을 열고 나면 선택의 여지란 없다. 별의별 손님이 다 찾아든다. 그들은 내게 이해를 구하는 법이 없다. 자신이 원하는 걸 악착같이 뜯어낼 궁리만 한다. 꿈에도 보고 싶지 않았던 얼굴이 나타나 심사를 흔들어놓기도 하고, 복면

강도가 들이닥쳐 미용 집기를 몽땅 쓸어간 적도 있었다. 그러나 내 손에 가위가 있는 한 걱정 없다. 중량감이 전혀 느껴지지 않는 커트 가위를 처음 손에 쥔 순간 나는 가위 안에 깃든 힘을 알아버렸다. 두 개의 원 안에 엄지와 약지를 끼운 다음 엇갈린 두 날을 벌렸다 오므리기만 하면 그만이다. 뭐든 저항 없이 잘린다. 잘리고 버려진다.

맘에 걸리는 게 있다면 늘 혼자 있는 딸아이다. 그나마 텔레비전이 있어 아이는 울고 웃는다. 미용실이 문을 닫는 휴무일 오후, 애벌레처럼 담요를 돌돌 말고 텔레비전을 보던 아이가 느닷없이 일어나 세수를 하고 옷을 갈아입었다. 왠지 가슴이 철렁 내려앉았다. 옷은 왜 갑자기 갈아입냐고 묻자 텔레비전 화면을 가리켰다.

"저 애가 나를 보잖아."

커다란 리본을 목에 맨 만화 속 여주인공이 짧은 스커트 자락을 흔들며 춤을 췄다.

"쟤가 나올 때마다 옷을 갈아입는 거야?"

아이는 고개를 까닥거렸다.

"내가 제일 좋아하는 친구야."

아이가 내 귀에 대고 수줍게 속닥거렸다. 나는 입을 다물지 못했고 마침 바람이 불어왔다. 살벌한 바람이 내 입을 막으며 어금니 사이에 살얼음을 물렸다.

나는 라디오 볼륨을 높이고 비질을 시작했다. 문이 벌컥 열렸다. 바람이 몰고 온 검은 흙먼지가 내 눈을 가렸다. 문을 닫자 언제 들어섰는지 새하얀 밍크를 두른 칠십대 노인네가 내 앞에 서 있었다. 인중이 몹시 긴, 기분 나쁜 인상의 노인네는 미용 의자가 아닌 뒤쪽에 놓인 대기용 비닐소파에 털썩 주저앉았다. 소파에서 바람이 푹 꺼지는 소리가 났다. 나는 팔짱을 낀 채 노인네가 하는 꼴을 지켜봤다.

"여긴 머리 깎는 데 얼마야?"

흥정을 해보잔다.

"8천 원요."

노인네는 화들짝 놀라는 시늉을 했다.

"전에 살던 데선 2천 원에 커트를 했는데."

나오는 건 웃음밖에 없다.

"왜요, 그냥 해드릴 수도 있죠."

"그럼 그냥 해줄텨?"

"할머니가 첫 손님이거든요?"

가게는 치우지 않더라도 자기 머리 손질은 하고 손님을 맞는 게 미용사다. 미용사에게 머리 손질할 시간도 주지 않고 들이닥친 예의 없는 손님은 커트 가격마저 깎으려 들었다. 밍크나 걸치고 오지 말 것이지 생각하다 어쩌면, 하는 생각이 들었다. 들어설 때완 다르게 가게 꼴을 보자 공짜로 머리를 자를 수 있겠다는 계산이 섰는지도 모른다.

시선 위치만 빤질빤질할 뿐 먼지가 찐득하게 내려앉은 거울이며 달랑 한 개뿐인 낡은 미용 의자, 뒤엉킨 전선들과 시꺼먼 먼지를 보고 있으면 솔직히 나도 심란하다. 아무리 문을 닫아놓아도 흙먼지는 귀신같이 들어왔다. 빗자루를 들면 사뿐히 떠올랐다 비질을 끝내기 무섭게 내려앉는다.

"나 같은 늙은이야 스타일이 있어 뭐가 있어. 그냥 잘라만 주면 되는 거 아냐."

노인네가 집요하게 물고 늘어졌다.

"그럼 그런 데 찾아가 하시든가요."

나는 까닥하지 않았다.

"이런 먼지 구덩이 속에서 누가 머리를 잘라?"

노인네가 벌떡 일어섰다. 고름 덩어리 같은 노인네의 누런 흰자위에 떠 있는 검은자위가 계속 신경 쓰였다. 움직임이 전혀 없었다.

"앉으세요."

차분한 미용사의 음성이 내 귀에 들려왔다. 노인네는 귓구멍이 막힌 것처럼 말뚱히 서 있었다. 미용사의 목소리가 조금 높아졌다.

"커트해드릴게, 앉으시라고요."

"거저?" 하며 노인네가 웃었다.

"2천 원에 해달라면서요?"

노인네는 크게 인심 쓰듯 "그래" 하며 고개를 까닥였다. 그때 미용실 안쪽에서 덜컹대는 소리가 들려왔다. 쪽문 고리에 끼워둔 염색 빗이 요란하게 흔들렸다. 딸아이가 깬 모양이었다. 달려가 발로 한 번 툭 치자 곧 잠잠해졌다. 어쩔 수 없었다. 미용실에 풀어놓으면 아이는 커트 가위를 들고 설쳐댄다. 가운이나 수건을 조각조각 잘라놓는다. 언젠가는 코드선을 싹둑싹둑 잘랐다. 제 손가락을 한 마디씩 잘라 바닥에 핏물 오선을 그려놓은 적도 있다. 원래 통각이 없는 건지 어쩌다 상실된 건지 비명 한 번 지르지 않았다. 미용실을 다 뒤져 네 마디를 찾아냈지만 새끼손가락 한 마디는 끝내 찾지 못했다. 방을 나오지 못하게 한 뒤로는 시시때때로 쪽문을 흔들어댔다.

겉옷을 받아 카운터 위에 놓인 로커룸에 넣고 가운을 입혔다. 목에 수건을 건 뒤 맨 안쪽에 놓인 샴푸의자에 앉혔다. 노인네가 몸을 젖힐 수 있도록 등허리를 받쳐주었다. 노인네는 밍크목도리만은 손에 꼭 쥐고 놓지 않았다. 전선을 주렁주렁 단 펌 기계를 가운데가 푹 꺼진 소파 쪽으로 밀쳤다. 팔목에 샤워기를 대고 물이 따뜻해질 때까지 기다렸다.

"아줌마야, 아가씨야?"

노인네가 물었다.

"아가씨로 보여요?"

천연덕스레 "아니" 했다. 고집스럽게 한 곳에 고정된 눈동자는 움직일 줄 몰랐다.

"그럼 아줌마로 보이세요?"

나는 노인네의 머리카락 사이에 손을 넣으며 물었다. 노인네는 히죽 웃더니 다시 "아니" 했다. 불긋불긋 성이 나 있는 민감한 두피, 함몰된 뒤통수와 적은 모량. 이 난해한 머리통을 나는 기억해내고야 말았다. 미용실에 들어서는 순간부터 유난히 수다스럽던 그녀는 어느 날부턴가 발길을 뚝 끊었다. 큰아들이 재산을 다 해먹었다느니, 당뇨에 합병증이 와 죽었다느니, 하는 소문이 돌았다. 무슨 일을 겪었는지 3년 사이 폭삭 늙어버렸다. 게다가 눈까지 멀었다.

"전에 말이야, 내가 다니던 미용실이 있었거든."

노인네는 침을 삼킨 뒤 말을 이었다.

"미용사가 열댓은 되는 큰 미용실이었어. 로나 박이라고 내 단골 미용사가 있었는데 하루는 그 밑으로 시다바리 하나가 들어온 거야. 머리를 감기는데 찬물, 더운물도 딱딱 못 맞추더라고. 물 온도 맞추는 것도 기술인 줄을 그때 알았다니까."

그때 자신이 얼마나 성깔을 부렸는지는 쏙 빼놓았다. 로나 박은 인물 훤하고 말발 좋고 옷발 사는 남자 미용사였다. 머리카락을 만지는 손놀림이 기가 막혔다. 부끄럽게도 그때의 나는 열정도 없고 의욕도 없었다. 원장에게서 맨날 잔소리를 들었다. 대답이라도 시원시원하게 하든지, 웃기라도 잘하든지, 전화를 상냥하게 받든지. 남이 봐도, 내가 봐도 잘하는 게 없었다. 샴푸 물 온도는 못 맞추면서 고객이 며칠이나 머리를 감지 않았는지는 기가 막히게 맞췄다.

어릴 때부터 그랬다. 콧구멍을 한번 벌렁거리기만 하면 그만이었다. 전날 짝이 저녁 반찬으로 뭘 먹었는지, 아침에 뭘 먹고 나왔는지 훤히 알았다. 사탕을 주면 고맙게 받기는커녕 냄새부터 맡았다. 가장 괴로운 사람은 당연한 얘기지만 나였다. 냉장고만 열려 있어도 헛구역질을 했고, 집 밖에선 늘 코를 막고 있었다.

아버지는 새벽 어스름에 건널목을 건너다 차에 치였다. 자그마치 넷이나 되는 자식들을 먹여 살리기 위해 엄마가 생각해낸 건 생선구이집이었다. 일을 하고 돌아온 엄마 손이 닿을 때마다 나는 어김없이 몸을 뒤로 뺐다. 엄마는 정이 뚝 떨어진다는 얼굴로 나를 봤다. 아무리 그렇다 해도 고속도로 휴게소에 나를 놓고 간 건 너무했다. 외가댁에 다녀오는 길이었다. 화장실에 갔다 와보니 엄마가 없었다. 언니들도 없었다. 나를 까맣게 잊고 버스에 올랐으리라고는 생각지도 못했다.

나는 노인네의 두피를 꾹꾹 눌렀다. 동시에 차들이 거의 다 빠지고 텅 비다시피 한, 해 떨어진 고속도로 휴게소 주차장을 헤매던 여자아이도 떠올렸다. 위장이 보내오는 신호를 따라 우동 국물에 밴 진한 간장 냄새를 향해가던 아이의 눈앞에 나타난 만물상 트럭. 빨간 망사 조끼에 벙거지 모자를 쓴 덩치 큰 만물상 주인, 뚫어져라 나를 보던 무서운 얼굴과 거

칠고 두툼한 손, 화물칸에 주렁주렁 매달린 커다란 전지가위
와 펀치, 나이프와 실톱, 보기만 해도 챙, 소리가 날 것 같은
작고 날렵한 커트가위.

나는 샴푸를 마친 노인네를 미용 의자에 앉혔다. 커트 선
을 결정하고 커다란 커트 보를 쳤다. 한 줌도 되지 않는 머리
카락을 꼼꼼히 말렸다. 타월로 머리털을 감쌌다. 마사지하듯
두피 곳곳을 눌러주자 꼿꼿하던 노인네의 자세가 허물어졌
다. 노인네는 등받이에 어깨를 기댔다. 한쪽으로 목을 떨궜
다. 피로 물든 가위를 손에 꼭 쥔 나를 보던 엄마의 기묘한 표
정을 잊을 수가 없다. 피투성이가 된 채 병원에 누워 있는 만
물상 주인을 보고 있던 엄마에게 경찰이 다가와 물었다. 친
엄마, 맞습니까? 그때 붉어지던 엄마 얼굴을 떠올릴 때마다
웬일인지 내 얼굴도 달아오른다. 왜 낯선 어른이 내 바지 지
퍼를 열게 됐을까. 하필 그때 손에 가위가 들려 있었을까. 엄
마가 나를 챙기지 못하면 내가 엄마한테서 떨어지지 않았어
야 했는데.

페달을 밟아 의자를 올린 뒤 가위를 들었다. 가위가 목덜
미에 닿자 노인네가 양손으로 손잡이를 움켜잡았다. 그녀의
앙상한 손목에 힘줄이 불거지는 걸 보면서 나는 알았다. 그
녀도 내가 누군지 안 것이다.

첫번째 머리카락이 바닥에 버려졌다. 잘린 머리카락이 커트
보 위로 한 켜 한 켜 쌓여간다. 가윗날을 대기 무섭게 머리카락

이 부서진다. 낙엽이 되고 눈이 되어 발 아래로 흩어져 내렸다.

머리칼이 손끝에 닿기만 해도 알 수 있다. 성격이 급한지 느긋한지, 하는 일이 뭔지, 근무지가 어딘지. 어디 성격이나 직업뿐일까. 내 유난한 후각은 머리카락이 품고 있던 잡다한 기억까지 감지한다. 짧게는 한 달 전부터 길게는 수년 전 기억이 잘려 나간 머리카락과 함께 1.5평 바닥에 가득 널린다. 진동하는 구린 돈냄새를 참아내야 할 때도 있고 피비린내로 코끝이 문드러질 때도 있다. 미용실 문을 종일 열어놔도 냄새가 빠지지 않았다. 커트만으로 충분치 않을 때도 있다. 아예 머리통이 사라져야 악취가 가실 만큼 독한 기억을 끌고 오는 이들도 있다. 나는 자세를 바로 하게 했다. 노인네의 머릿속은 2천 원짜리 커트를 하고 경찰서로 향할 궁리로 정신없었다. 내 목에 현상금이 걸린 건 어떻게 알았을까. 로나 박을 그 지경으로 만들어놓았는데 모를 리가 없겠지.

"눈이 사라진답니다."

라디오에서 익숙한 디제이 음성이 흘러나왔다. 2050년에는 말이죠,라며 깔깔댔다. 자신의 얄팍한 말장난에 웃어줄 청취자를 떠올리는지 디제이는 잠시 침묵했다 말을 이었다.

"그때는 봄여름, 봄여름만 있다는군요."

"걱정할 거 없어."

노인네 얼굴이 상기되어 있었다. 현상금이 얼마나 될지, 그 돈으로 무얼 할지 머리를 굴리느라 분주했다.

"있으면 있는 게 당연한 것 같지만 없으면 또 없는 게 당연해지거든."

나는 잠시 가위질을 멈추고 기미가 잔뜩 내려앉은 거울 속 미용사 얼굴을 바라봤다. 내게서 대꾸가 없자 노인네는 답답하다는 듯 덧붙였다.

"눈 말이야, 눈."

"할머니 머리통도요."

나는 그녀 귓가에 대고 낮게 속삭였다.

"뭐?"

"머리통이 없는 것도 당연해진다고요."

나는 가위를 고쳐 쥐었다. 하필 그때 딸아이가 숨넘어가게 나를 불러댔다.

"엄마."

잔뜩 신경질이 밴 음성이었다.

"왜?"

되받아 소릴 질렀다. 노인네가 재빨리 일어섰다. 빈 알루미늄 깡통이 내 발밑까지 굴러왔다. 로커룸과 미용실 문이 활짝 열려 있고 카운터 위에서는 천 원짜리 지폐 두 장이 팔락거렸다. 나는 노인네가 사라진 도로 쪽으로 깡통을 힘껏 찼다. 내 발에서 튕겨져 나간 깡통은 펜스에 부딪혀 찌그러지더니 거친 바람에 저항하듯 요란하게 소리를 냈다. 곧 깊이를 알 수 없는 구덩이 속으로 떨어져 내렸다.

밤이 되면 군데군데 불빛이 보인다. 다 너무 멀다. 예정대로라면 펜스가 쳐진 곳에 아파트가 들어서고 가건물 앞으로 도로가 놓였을 것이다. 머리를 풀어 헤치고 미친년처럼 울어대는 바람 대신 차와 행인 들로 복닥거릴 미용실 앞을 상상해보기도 한다. 바삐 오가는 사람들과 꼬리에 꼬리를 이어 달리는 크고 작은 차들을 상상하자 귀가 먹먹해져왔다.

"엄마, 나 무서운 꿈꿨어."

쪽문 틈새로 얼굴을 들이민 딸아이가 나를 보고 웃었다. 나는 카운터 안쪽으로 들어가 쪼그리고 앉았다. 염색 빗을 빼내고 쪽문을 열었다. 아이의 양쪽 뺨이 잔뜩 상기되어 있었다. 문득 파르스름한 털을 가진, 지난밤 꿈속 고양이가 떠올랐다.

고양이는 나를 보면서 새까만 눈을 감았다 떴다. 나는 고양이의 머리통을 쓰다듬어줬다. 평소 고양이를 좋아하지 않으니 꿈이라도 예뻐서 그랬던 건 아니다. 고양이가 배를 깔고 납작 엎드린 곳이 다름 아닌 내 무릎이었기 때문이다. 손에 감각이 없어 문득 정신을 차려보니 고양이가 내 손을 물고 있었다. 손을 빼내려고 힘을 주자 고양이의 자그마한 머리통이 함께 까닥까닥 흔들렸다. 결국 빼내긴 했는데 손등에 이빨 자국이 났다. 뾰족한 송곳니 두 개가 파고들었던 자리에 새빨간 피가 올라왔다. 그걸 꾹꾹 누르다 눈을 떴다. 손은 멀쩡했지만 얼얼한 느낌은 그대로였다. 무릎 위에 앉혀놓은 고양이에게 물리다니. 불길한 징조가 아닐 수 없었다. 그러나 손등에서 새빨간 피가 꽃처럼 피어오르는 순간 희한하게 기뻤다. 내가 살아 있다는 생각이 들었기 때문이다.

"귀신이 내 베개를 먹는 거야."

아이가 눈을 치켜떴다.

"내가 먹지 말라고 했더니 밥 먹는데 방해 말래."

"그래서?"

"소금을 뿌려줬어."

"그랬더니?"

"간 맞춰줘서 고맙다는 거야."

내가 웃음을 터뜨리자 아이가 잔뜩 인상을 구겼다.

"정말 무서웠단 말이야."

아이는 제 말에 역성을 들어주지 않는 나를 흘겨봤다.

"귀신이 그러는 거야. 이건 진짜 현실이지만, 꿈이라고 열심히 생각하면 정말 꿈이 될 거래."

딸아이가 비로소 해시시 웃었다.

"열심히 꿈이라고 생각했더니 눈이 딱 떠진 거 있지."

홀씨가 흩어지듯 웃음소리가 퍼졌다. 어둑한 뒷방이 일순간 환해졌다. 아이의 천진한 웃음이 과거의 무시무시한 기억을 한낱 꿈으로 만들어버렸다.

경찰의 눈을 피해 소읍의 작은 미용실을 서너 달씩 전전하며 옮겨 다니던 때가 있었다. 한가한 월요일 오후, 주인 없는 미용실을 혼자 지키고 있을 때였다. 한 여자가 다급히 들어오더니 곧장 미용 의자에 앉았다. 여자가 머리를 묶고 있던 고무줄을 빼냈다. 머리카락이 풀리면서 의자 등받이를 덮었다. 여자의 머리카락이 내 후각세포를 자극했지만 무슨 냄샌지 알 수 없었다. 여자는 자신의 목을 손등으로 툭 치며 말했다.

"쳐주세요."

가위질을 하는 동안 나는 냄새의 정체를 알게 됐다. 내 온몸에 뿌리 깊이 박혀 있는 파마약 냄새였다. 여자는 나와 같은 미용사였다. 〈신발보다 싼 타이어〉라는 입간판 옆 작은 미용실에서 여자는 딸아이와 살고 있다. 잠자리에서 뒤척이는 아이 때문에 잠이 깬 여자는 소리를 질렀고 발에 걸리는 동그랗고 작은 머리통을 걷어찼다. 아이는 벽에 머리를 박고 의식을 잃었다. 미련과 회한을 버리고 죄의식마저 버리러, 여자가 내게 온 날은 그런 날이었다. 가위질을 멈추자 여자가 거울 속 나를 바라봤다. 내가 무엇 때문에 가위질을 멈췄는지, 왜 놀랐는지 아는 얼굴이었다. 그때 알았다. 머리카락에서 기억을 읽는 능력이 나만 있는 게 아니었다. 아주 잠깐이지만 나는 기뻤다. 불행히도 여자는 아니었다. 내가 자신의 속을 빤히 들여다봤음을 안 그녀는 가위를 쥐고 있는 내 손을 움켜쥐었다.

"이런 엄마는 없는 게 나아."

내가 막아볼 틈도 없이 가윗날은 자연스레 여자 목을 그었다. 단단한 목뼈가 가윗날과 함께 분리되는 감각이 내 손끝에 확실히 새겨졌다. 무작정 타이어 가게 옆 미용실을 찾아 헤맸다. 문을 열자마자 어둠 속에서 아이가 꼬꾸라지듯 달려 나왔다. 나는 안도했다. 여자의 기억과 달리 아이는 멀쩡하게 살아 숨 쉬고 있었다. 뒤늦게 내 얼굴을 본 아이는 흠칫 놀랐지만 큼큼 냄새를 맡더니 내 안으로 들어왔다. 아이 몸은 차디찼지만 내 심장보다는 따뜻했다. 내 곁에 없었을 때도 아이는 내 품으로 안겨 들어올 운명이었다. 엄마에게서 나던 지독한 냄새를 나는 피했지만, 아이는 끌어안아야 하는 냄새라는 걸 알았다.

윙윙대는 바람 소리로 종일 뒤숭숭했다. 그런 와중에도 딸아이는 또 다시 잠이 들었다. 나는 아이 곁에 누웠다.

"문밖에 애들이 서서 나를 불러."

아이는 잠결에 말했다. 처음 옷을 벗기자 아이 몸이 새파랬다.

"왜?"

나도 잠결에 물었다. 파랗게 멍든 몸이 검어졌다 다시 노랗게 될 때까지 자그마치 석 달이 걸렸다.

"자기네들하고 같이 안 놀고 왜 잠만 자냐고."

타이어 가게의 옥외 간판이 크게 흔들리며 소리를 냈다.

땅이 푹푹 꺼질 정도로 깊은 아이의 숨소리는 나를 벌판 끝으로 몰고 갔다. 비명을 지르는 것밖에 할 수 있는 게 없는 바람은 열심히 비명을 질러댔다. 바람이 거세게 몰아칠수록 방안의 고요는 깊어졌다.

여름의 벌판은 마르고 더운 바람으로 가득하다. 봄에는 차고 음산한 바람이 분다. 가을에서 겨울로 넘어가는 지금, 바람은 가장 살벌하게 분다. 살 속으로 기어들어가면서 으스스하고 쓸쓸하게 분다. 이리저리 방향도 없는 미친 바람이 불다 갑자기 나무가 뽑혀 나갈 정도로 큰 바람을 몰고 온다.

점심과 저녁 시간 때면 식당에는 인간 폭탄이 떨어졌다. 큰언니도, 막내를 업은 작은 언니도 석쇠 판을 뒤집어야 했다. 나는 집 안에 남아 찬밥을 처리하고 텔레비전을 보면서 골목을 오가는 발소리에 귀를 기울였다. 그때마다 시간은 고무줄처럼 늘어났다. 막상 엄마와 언니들이 오면 방구석으로 숨어들었다. 어느새 해가 지고 있었다. 오늘 하루가 이렇게 가려나? 설마.

"이봐요."

굵직한 남자 목소리가 들려왔다. 나는 쪽문을 열고 미용실 안에 들어선 남자를 봤다. 로나 박이다. 노인네의 기억이 바람에 실려 멀리까지 갔던 모양이었다. 후회가 밀려왔다. 노인네의 머리통을 절단 냈어야 했다. 이제 바람은 눈을 뜰 수도 없게 불고 있었다. 구부정한 자세로 서 있던 그가 나를 봤다.

"아직 영업하죠?"

"앉으세요."

나는 시선을 바닥에 둔 채 무뚝뚝하게 대꾸했다.

"엄마."

쪽문 틈으로 딸아이가 얼굴을 내밀었다. 로나 박이 고개를 돌려 딸아이를 봤다. 주머니에서 막대 사탕을 꺼내 아이에게 천천히 다가갔다. 딸아이가 손을 뻗었다. 아이는 고맙다는 말 대신 냄새부터 맡았다.

"내가 알던 누구하고 똑같네."

로나 박이 웃음을 터뜨렸다.

"냉장고만 열려 있어도 헛구역질을 했어. 가위라면 사족을 못 썼는데."

나는 아이의 머리통을 쪽문 안으로 밀어 넣고 문을 닫았다. 그를 의자에 앉혔다. 나는 상처가 전혀 아물지 않은 그의 목에 커트 보를 걸었다. 내 손목에 힘이 들어갔던 모양이다. 놀란 듯 그가 캑, 소리를 냈다. 긴장한 듯 잠시 엉덩이를 들썩이는가 싶더니 이내 눈을 감았다. 나는 허리춤에서 일자로 쭉 뻗은 가위를 뽑아 들었다. 로나 박이 눈을 크게 떴다.

"가위 좀 잡아보셨네."

당연히 내가 누구 밑에 있었는데.

"요샌 제대로 된 커트를 할 줄 아는 미용사를 만나기 어려워. 직업의식이라고는 눈곱만큼도 찾아볼 수가 없어. 근성도 없고 고집도 없고."

머리카락이 죽어 있을까? 살아 있을까? 영업시간이 끝나고 남아서 뒷정리를 하는 내게 그는 알 수 없는 질문을 했다. 내가 뭐라고 대답하기도 전에 그가 쥔 가위가 내 뺨을 스쳐갔다. 내 머리카락이 바닥에 떨어졌다. 바닥에 떨어진 머리카락은 확실히 죽어 있었다. 칠칠치 못하게 스텐 모서리에 부딪혀 살점이 떨어져 나간 날이었다. 가위 대신 반창고를 든 로나 박이 내 손등 위에 반창고를 붙여주었다.

소독은 안 해요? 하고 묻자 로나 박은 말했다. 소독을 하면 나쁜 균도 죽지만 좋은 균도 죽어. 몰랐니? 몰랐다. 왜 하필 그날 나는 모두 퇴근한 미용실에 혼자 남게 됐는지. 왜 로나 박이 내 귀에 대고 그렇게 다정하게 속삭이도록 내버려뒀는지. 그때 눈을 질끈 감고 한순간만 넘겼다면, 그랬다면 어땠을까. 그와 머리를 나란히 맞대고 잠이 들 수도 있었을까. 그의 품에 파고들어 나를 무는 고양이 꿈 같은 건 꾸지 않고 깊은 잠을 잤을까.

그러나 아무리 길고 난다 해도 제 머리 하나 어쩌지 못하는 게 미용사다. 모든 게 때가 있다. 의미가 있다. 그는 늘 말했다. "고객의 요구만 충실하게 들어준다면 진정한 미용사라 할 수 없어. 고객에게 필요한 처방이 뭔지 항상 진지하게 고민해야 해." 나는 피하지 않았다. 한번 결정이 내려지면 소신 있게 행해야 한다. 단번에, 한 호흡으로 잘라야 한다. 어느새 로나 박은 거울 속 나를 보고 있었다. 내가 누군지 설명이 필요치 않은 얼굴이었다.

로나 박은 불 꺼진 미용실에서 나를 꿇어앉혔고 바지 버클을 풀었다. 그때 나는 만물상 주인을 떠올리고 말았다. 바닥에 놓인 가위를 재빨리 들었다. 가윗날이 얼마나 자연스럽게 살 속으로 스며드는지 깜짝 놀랐다. 그러나 확실히 경험 부족이었다. 로나 박의 목을 몸에서 완전히 분리시키지 못했다. 결국 그는 침을 질질 흘리는 신세가 됐고 나는 경찰에 쫓기는 신세가 됐다. 이번에는 가윗날이 제대로 그의 질긴 명줄을 끊어놓았다. 머리통이 바닥을 뒹굴었다. 실수 없이 그의 머리통을 몸에서 완전히 분리해낸 것이다.

머리통이 말끔하게 제거되자 로나 박은 가뿐한 걸음으로 미용실 문을 나섰다. 굽었던 등이 펴지고, 목의 경련으로 비뚤름했던 어깨도 반듯해졌다. 나는 재빨리 빗자루를 챙겨 들었다. 머리통을 쓸어 구석으로 몰아갔다. 바람이 다시 무섭게 몰아쳤다. 그의 머리통은 벌판을 한참 굴러 구덩이 속으로 들어가게 될 것이다. 바람에 쓸린 흙이 구덩이를 완전히 덮고 나면 사념으로 가득 찼던 머리통은 편히 쉬게 될 것이다. 그 역시 한동안 어둡고 탁한 기억에 빠져 허우적대는 일은 없을 것이며 기억하고 싶지 않은 기억 때문에 불면의 밤을 보내는 일도 없을 것이다.

나는 핏물을 제거하기 위해 가위를 집어 들었다. 순간 정체를 알 수 없는 허전함이 밀려들었다. 미우나 고우나 함께 복닥거리고 살아온 가족을 떠나보내고 빈집에 홀로 남겨진 기분이었다. 가위가 손에서 미끄러졌다. 잠시 방심한 탓이었다. 건장한 남자의 머리를 자르는 건 아무리 단련된 일급 미용사라도 쉽지 않은 일이었다. 그렇다 해도 가위를 손에서 놓친다는 건 절대 있을 수 없었다. 바닥에 떨어진 가위를 줍기 위해 나는 재빨리 허리를 굽혔다. 웬일인지 무릎이 툭 꺾였다. 손등에 튄 핏방울을 본 건 그때였다. 꿈에서와 똑같았다. 손등 위에서 핏방울이 꽃처럼 피어났다. 무릎을 꿇고 내 앞에 서 있는 누군가를 봤다. 딸아이가 하얗게 날이 선 가위를 손에 쥐고 서 있었다. 언제부터 아이는 거기 있었던 걸까. 머리통이 로나 박의 몸에서 분리될 때? 아니면 그가 막대 사탕을 건네던 때부터?

"이리 내."

나는 손을 뻗었다. 딸아이가 뭘 또 잘라놓을지 알 수 없었다. 하지만 이미 늦었다. 날카롭게 벼려진 가윗날이 허공을 가로지르며 유연하게 휘면서 다가왔다. 매서운 바람 소리와 함께 가건물이 붕 떠올랐다. 가윗날에서 뿜어지는 빛이 눈앞에서 부서졌다. 잘린 머리통 하나가 바닥을 굴렀다. 다름 아닌 내 머리통이었다.

"엄마 아파?"

아이가 태연스레 물었다.

"목이 잘렸는데 안 아프겠어?"

말은 그렇게 했지만 하나도 아프지 않았다. 온갖 잡냄새로 시달리던 머리통이 몸에서 분리되자 막혔던 숨이 트였다. 그렇다고 딸아이로 인해 치밀었던 화가 누그러지는 건 아니었다.

"왜 그랬어?"

아이 눈에서 굵은 눈물이 뚝뚝 떨어져 내렸다. 자신이 저지른 어이없는 행동을 뉘우쳐서가 아니었다. 내가 화를 내니 억울해 나오는 눈물이었다.

"왜 그랬냐니까."

나는 악에 받쳐 소리쳤다. 바람이 들어 올린 가건물이 회오리 속에 소용돌이쳤다. 아무렇게나 되는대로 쳐대는 실로폰처럼 머리통이 미용실 바닥을 딩딩딩 박았다.

"어떻게 엄마한테 이럴 수 있어?"

구석에 처박혀서도 내 머리통은 투덜거렸다. 내 눈을 빤히 바라보며 딸아이가 입을 열었다.

"엄마 하는 게……"

"하는 게 뭐?"

나는 윽박질렀다.

"재밌어 보여서."

역시 내 딸이다. 나는 죽어도 터득 못 할 재미를 딸아이는 이미 알아버렸다. 애들 앞에선 찬물도 함부로 못 마신다더니. 나는 그만 참고 있던 웃음을 터뜨렸다. 그토록 찾아도 보이지 않던 아이의 새끼손가락 한 마디가 내 목구멍에서 튀어나왔다. 순간 무언가가 나를 찾아왔다. 이제 과거의 기억으로부터 벗어나 새로 출발할 기회가 왔다는 깨달음이었다. 그러나 나는 망설였다. 고통을 피해나갈 감각조차 없는 딸아이가 내 앞에 있었다. 손님을 몰고 다니는 잘 나가는 미용사의 꿈도, 단란한 가정에 대한 희망도 단번에 커트시킨 나다. 그러나 밤이면 내 품으로 꼬물꼬물 들어와 흐느끼듯 간신히 숨을 뿜어내는 아이, 독한 약냄새 안으로 파고드는 이 아이를 두고 갈 곳이 과연 내게 있을까. 뭐든 커트해낼 수 있다 생각한 나의 오만함이 무참히 커트당하고 말았다. 가득 고였던 눈물이 흘러내렸다. 어금니 사이에 단단하게 물려 있던 살얼음이 녹았다.

바람이 맹렬히 몰아치며 가건물을 뒤흔들었다. 이런 바람에는 전율해주는 게 예의다. 진짜 바람은 이제부터기 때문이다. 딸아이에게 머리통이 잘리는 게 이번 한 번만은 아니리란 예감이 들었다. 이 예감이 처음도 아니란 느낌이었다. 아무리 잘라도 머리카락은 다시 자라나고, 질기디질긴 기억의 망령은 언제고 부활한다. 하지만 내 손에 가위가 있는 한 겁날 건 없다.

바람이 만든 파도 위에 선 가건물 모퉁이에 〈머리치장〉이라는 소박한 간판을 걸고, 세상이 어떤 공격을 해와도 너끈히 받아넘길 가위를 손에 쥔 모녀가 뭐 하나 부러울 것도 없고 욕심도 없이 살고 있다.

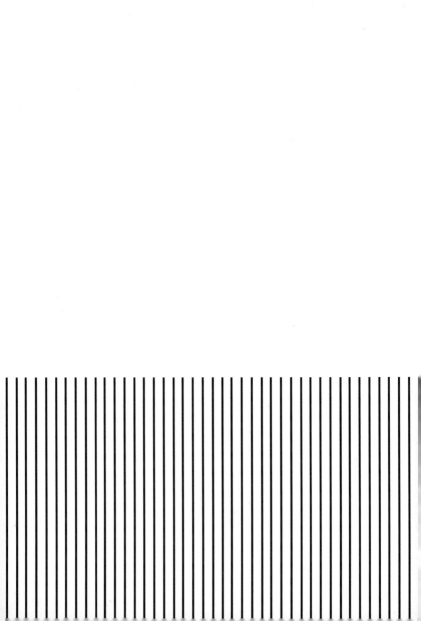

악몽의 몽유록

양윤의

(문학평론가)

1. 악몽/악무한으로서의 세계

여기, 이런 세계가 있다고 하자. 가족과 친구를 알아볼 수
없는 세계. 나의 클론이 활보하고 다니면서 내 자신의 자리
를 대체한 세계. 꿈과 현실이 엉망으로 뒤섞인 세계. 잠시만
길을 잃어도 온몸이 얼어붙는 세계. 소문으로만 듣던 사람,
얼굴을 가린 사람이 내 옆에 서 있는 세계. 서로의 잘린 머
리가 발밑을 구르는 세계. 이유가 그리는 소설 속 세계는 이
런 악몽/악무한의 세계다. 악몽이란 최악의 가능성들이 실현
되는 세계다. 상상할 수 있는, 아니 상상할 수조차 없는 파국
이 현실화되는 세계다. 상상 가능한 파국의 외양을 하고 있

을 때 악몽은 악몽으로 의인화된 인물〔이를테면 몽마(夢魔)로서의 nightmare〕을 찾아가는 탐색담이 된다. 상상 불가능한 파국으로 드러나는 악몽은 어떤 서사의 전략도 무효화시키는 파편화된 에피소드의 집적이 된다. 악무한이란 유한에 대립된 무한, '무규정적인 공허'로 드러난다. 원인의 원인의 원인……처럼 중단 없이 소급해가는 탐색이자 유한 너머의 무한 너머의 무한……처럼 제한 없이 확장되어가는 폐허다.

이유의 소설은 이 악몽/악무한에 대한 몽유록(夢遊錄)이다. 몽유록은 언제나 현실—꿈—현실의 삼중 구조를 갖는다. 그런데 저 가운데 놓인 꿈이 악몽이라면? 그리고 그 악몽이 무한히 소급되거나 전개된다면? 결국 저 형식은 꿈—다른 꿈—또 다른 꿈의 삼중 구조로 변환될 것이다. 우리는 악몽에서 깰 수 없다. 영원히. 저 악몽은 악무한이기 때문이다. 다만 우리는 한 악몽에서 다음 악몽으로 전이될 수 있을 뿐이다.

2. 거울은 반복하지 않는다 ─ 타자로서의 자기 자신

악무한을 만드는 가장 손쉬운 방법은 '거울 마주 세우기'다. 거울은 2차원 평면이지만 마주 세운 거울 속에서는 무한히 뚫린 3차원 공간이 열린다. 그런데 이 무한은 무엇인가를 반복하는 듯 보인다. 예컨대 마주 놓인 거울은 거울을 보는 주체를 대상화한 이미지와 그 이미지의 이미지와 그 이미지의 이미지의 이미지를…… 3차원 공간 속에 가져다 놓는다. 이것은 반복인가? 이 나(주체)는 저 나(거울 이미지로서의 대상)를 바라보고 있는가? 저 나는 나의 표면적인(2차원적인) 반복인가? 아니다. 저 나에게는 좌우만이 아니라(전면의 거울이 제공하는 게 이것이다) 앞뒤도 있다(후면의 거울이 제공하는 게 이것이다). 심지어는 역상의 역상, 다시 말해 거울 밖의 나를 그대로 따라하는 실상(두 거울을 비스듬히 세웠을 때 제공되는 게 이것이다)까지도 있다. 거울은 같은 것을 반복하는 게 아니라 다른 것을 반복한다. 거울은 모사하지 않고 창출한다. 거울은 동일성의 기제가 아니라 차이의 생산자다. 나는 거울 속에서 내 자신을 보지 않고 타자로서의 내 자신을 본다. 「빨간 눈」을 먼저 보자.

　　나는 나를 주문했다. 너는 포장 없이 걸어서 내게 왔다. 주문한 상품에 두 다리가 달렸으니 어쩌면 당연한 방식이었다.
　　〔……〕
　　"백업을 해놓으면 안심이 되지."
　　장은 진지하게 말했다.
　　〔……〕
　　감가상각을 생각해도 10년. 10년이면 원금을 뽑고도 남음이 있었다. 게다가 혹 내가 잘못되더라도 사업체가 공중분해

되는 일은 막을 수 있었다. 내 남은 인생에 타인을 끌어들일 생각도 없었고, 혹 생각이 바뀌어 동거인이 생긴다 해도 문제될 건 없었다. 너는 언제든 폐기 처분이 가능했다. (「빨간 눈」, pp. 90~92)

'나'는 '너', 즉 '나'의 "클론"인 복제 인간을 주문했다. 쓰러질 때를 대비해서 만들어둔 "백업"이다. 이때까지만 해도 '너'는 '나'의 업무상 대역에 불과했다. 타인이 아니면서 동거인이 생기면 곧장 폐기 처분할 수 있는 두번째 '나'였다. '너'는 어디까지나 '나'의 보조물에 불과했다. 그러니 복제 인간은 주인의 결심 여하에 따라서 보존 혹은 폐기될 수 있는 또다른 '손'에 불과했다. 그러나 당연히 상황은 그렇게 흘러가지 않는다. '너'는 '나'보다 모든 면에서 유능하고 우월하며 심지어 공감 능력마저 뛰어나다.

얼마 뒤 너는 쟁반에 받쳐온 세 개의 잔을 테이블에 내려놨다. 커피 위 휘핑크림을 한 숟갈 떠서 아이에게 내미는 너의 해맑은 얼굴을 볼 수 있었다. 나는 한동안 무거운 고철덩어리로만 느껴지던 카메라를 들었다. 아이는 네가 내민 크림을 받아먹었다. 너의 몸이 자연스레 아이 쪽으로 움직였다. 주하가 고개를 들어 너를 봤다. 나는 숨을 참고 프레임 속 피사체 덩어리를 끌어당겼다. 아이의 머리 위로 두 입술이 맞닿았다.

(「빨간 눈」, p. 107)

'나'는 복제 인간인 '너'에게 일을 맡기면서 점점 자유로운 존재가 되었다(고 생각한다). 마침내 '나'는 인간(주인)임을 증명하는 베리칩을 복제해서 '너'에게 주고, 이로써 '너'는 인간인 '나'와 동등한 존재가 된다. 사진에 미쳐서 출사를 다녀온 뒤 '나'는 더욱 부적응자가 되어 있었고(자유로워졌고), '너'는 더없는 적임자가 되어 있었다('나'보다 더 '나'다워졌다). 회사도 키웠고 가족과도 재회했다. '나'는 아내(주하)에게 배신당하고 친권도 양육권도 빼앗긴 상태였는데, '너'는 그 아내와 연애 시절의 감정을 회복했음을 보여주는 입맞춤을 한다.

이 모든 일이 카메라를 매개로 일어난다. 카메라는 세상을 거울로 만드는 도구다. 카메라의 눈은 모든 대상을 피사체로 바꾸고 모든 피사체는 2차원 평면에 인화되면서 거울상이 된다. 그런데 카메라에 몰두하면 할수록 '나'는 탈육체화된다. '나'는 거울을 보는 눈에 불과하기 때문이다. 아내와 입을 맞추는 '너('나'의 클론)'를 보는 '나'는 이미 탈육체화된 '나'다. 모든 행동의 주체가 '너'이기 때문이다. '나'는 거울을 보는 눈에 불과하고 '너'는 그 거울 속에서 살아 움직이는 '타자로서의 나'가 된다. '너'는 '나'의 좀더 완벽한 판본이다. 또한 '나'는 모든 육체성을 잃은 채 거울을 보는 눈으로서만 존재한다. 결국 '나'는 "너의 손목에 박혀 있던 쌀알 모양의 칩을 싱크대 서랍에서 찾아냈다. 나는 C사 홈페이지에 접속했다. 네 번의 클릭을 마치자 폐기 신청이 완료됐다"(p. 108). 이 것은 이중적인 폐기다. '너'를 폐기하면 시선으로서의 '나'는 (내가 스며들) 육체를 잃는다. 따라서 '나'는 '나'를 폐기한 셈 이다. '나'를 폐기하면 '너'는 거울 속의 타자로서 자신이 거 울상임을 인증해줄 눈을 잃고 망실된다. 따라서 이 경우에도 '나'는 '나'를 폐기한 셈이다. 따라서 '너'는 끝내 타자로서의 '나'로 남아야 한다.

　　과속 방지턱에 발이 걸려 넘어진 너를 발견했다. 너를 향해 손을 뻗은 순간 나는 내가 아니었다. 나에게 결코 손을 뻗어주 지 않았던 세상의 모든 타인들이었다. 너는 조금의 망설임도 없이 그 손을 잡았다. 그때 내가 끊어낸 밤의 한 컷. 플래시가 뿜어내는 빛이 그대로 통과한, 막 도시로 스며든 짐승처럼 두 려움에 떠는 형광빛의 새빨간 두 눈동자. 그것은 내 카메라에 서 삭제되지 않은 유일한 너였다. 네가 기억하길 바라는 마지 막 나였다. (「빨간 눈」, p. 110)

'나'와 '너'의 자리를 교대하면서 타자로서의 '나'인 '너'에 게 뻗은 '나'의 손은 세상의 모든 타자들이 내게로 뻗은 손이 된다. 그리고 그때 플래시가 포착한 눈은 적목 현상으로 불타는 빨간 눈이다. 우리 자신을 낯설게 만드는, 우리 안에 타자가 있음을 드러내는 저 적의의 눈동자는 타자로서의 내 자신을 혹은 내 자신인 타자를 우리 앞에 가져다 놓는다.

「낯선 아내」에는 안면인식장애에 걸린 형사('나')가 등장한다. 사진에서 얼핏 본 사람도 알아보는 뛰어난 기억력을 가진 형사가 얼굴을 인식하지 못하는 몹쓸 병에 걸린다. '나'는 의사에게서 "병이 계속 진행되면 거울 속에 비친 자신도 못 알아보게 될 겁니다"(p. 10)라는 말을 듣는다. '나'는 작업 파트너인 지모와 함께 방배동 살인사건으로 알려진 마지막 현장 업무를 수행하고 있다. 간략하게 요약하면 이렇다. 박형석은 마흔다섯 평 아파트 거실에서 시체로 발견됐다. 미국에서 연락을 받은 박형석의 아내는 별다른 감정을 내보이지 않았다. 5년간 박형석이 두 자식의 학비와 생활비를 꼬박꼬박 보냈고 현지에서 집도 장만했다는 사실을 밝혀냈다. 월급만으로는 가능하지 않은 일이다. 얼마 후 살해당한 박형석이 회사 돈을 횡령한 것으로 밝혀지면서 그의 내연녀가 유력한 용의자로 지목되었다. (만약 존재한다면) 내연녀는 박형석에게 이용만 당했을 것이다. 사정을 알고 격분한 내연녀가 "우발적 살인을 자행"(p. 22)했을 것이라는 가상의 시나리오가 제출되었다. 그런데 사건은 의외의 지점에서 풀린다. 박형석의 아파트 비상계단에서 방문판매 사원의 지문이 나온 것이다. 방문판매원은 그의 고등학교 동창생이었다. 그런 이유로

"일급 용의자"(p. 22)로 지목되었던 내연녀는 "끝내 몽타주 밖으로 나오지 않았다"(p. 28). 사건 밖으로 모습을 드러낸 사람은 뜻밖에도 '나'의 아내다.

이런저런 생각할 틈이 없었다. 여자는 끊임없이 위치를 바꿔 걸었다. 아파트 담벼락에 바짝 붙어 걷다 상가가 있는 바깥 쪽으로 붙어 걸었다. 여자는 꺾인 담벼락을 최대한 넓게 돌았다. 나는 여자가 문을 열고 들어간 아파트 앞에 서서 심호흡을 했다. 벨을 눌렀다. 시간이 약간 지나 문이 열렸다.

"일찍 왔네."

이번에 나는 허둥대지 않았다.

"혹시 여기 들어온 사람 없어?"

작은 단발 분통, 즉 내 아내가 분명한 그녀는 고개를 저었다. (「낯선 아내」, p. 25)

잠복근무 중인 '나'에게 내연녀로 짐작되는 여성이 모습을 드러냈다. 그 여자를 추적해서 집을 찾아갔는데 뜻밖에도 그 집은 내 집이며, 그녀는 내 아내였다. '나'의 아내가 그 내연 녀였던 걸까? 그럴 수도 있다. 이렇게 맞닥뜨리기 며칠 전 잠 복근무 중에도 '나'는 아내를 알아보지 못했다. 아내가 이혼 하자고 했던 5년 전은 "박형석의 아이들이 미국 유학을 갔던 시점"(p. 26)이었고 아내는 박형석이 살았던 "P 오피스텔"을 알고 있었다. 아니면 이것은 과도한 추론과 공교로운 우연이 만나서 생긴 오해일까? 독자는 끝내 실상을 알 수 없으나 사실 아내는 처음부터 낯선 사람이었다.

"당신은 나를 몰라."
홀리듯 그런 말을 했다.
"걱정 마, 당신도 나를 모르니까." (「낯선 아내」, p. 18)

둘은 처음부터 서로를 잘 모르는 상태로, 아니 잘 모르는 것을 전제로 만났고 결혼했다. 그러니 이 모든 일이 '나'의 안면인식장애 때문에 생겼다고 말하기는 어렵다. 거꾸로 '안면인식장애'는 가장 가까운 사람(남편/아내)이야말로 타인임을 증명하는 은유인 셈이다. 우리는 이 질병을 다시 '일그러진 거울'이라고 부를 수 있을 것이다. 가장 가까운 얼굴을 가장 낯설게 비추는 거울 말이다. 뒤집어서 말하면 저 거울이야말로 가장 낯선 나 자신을 드러내는 것이다. 이 소설의 결말이 뜻하는 것도 이것이다.

가로등이 하나둘 밝혀지더니 어느새 해가 저물었다. 비가 그치지 않았다. 나는 아파트 단지 담벼락 아래 주저앉았다. 이상했다. 아무도 우산을 들고 있지 않았다. 저만치서 아내가, 나를 마중 나온 게 분명한 그녀가 단지 내 주차장 쪽에서 걸어왔다. 너무 반가워 그녀를 향해 한걸음에 달려갔다.

"나라는 걸 어떻게 알았어요?"

아내 역시 기뻐서 펄쩍 뛰었다. 고무공이 시멘트 바닥을 울리는 것처럼 소리 없는 진동이 온몸으로 느껴졌다.

"내가 몰라보면 누가 당신을 알아보겠어."

나는 태연하게 말했다. 가로등 불빛 아래 드러난 아내의 얼굴을 본 순간 나는 멈칫했다. 아내가 아니었다. 나는 두 눈을 질끈 감고 양팔로 그녀를 감싸 안았다. 그녀의 머리 위에 턱을 얹고 고개를 숙였다. 코끝이 그녀 정수리에 닿았다. 아내의 냄새가 맞다. 여보, 하고 부르자 그녀가 왜, 하고 대꾸했다. 아내의 음성이 맞다. 왜 우산을 들고 나오지 않은 거야, 이렇게 비가 오는데. 그녀는 아무런 대답도 하지 않았다. 미안해. 그녀의 침묵이 내게는 그렇게 들렸다. 아내가 맞아. 나는 되뇌었다. 아무리 낯설어도 내 아내가 맞아. (「낯선 아내」, pp. 32~33)

이제 '나'는 아내가 아닌 여자를 아내라 부르고, 아내는 그 호명에 기뻐서 펄쩍 뛴다. 그런데 이번에는 세상이 이상하다. 비가 내리고 있는데 아무도 우산을 쓰지 않고 있다. 내가 택시 기사에게 비가 온다고 하자, 그는 "별 미친놈 다 보겠다는 듯"(p. 31)이 '나'를 대한다. 거울은 처음에는 '나'를 타인으로 비추더니, '나'와 가장 가까운 이들을 낯선 이들로 바꾸고는, 마침내 세상 전체를 낯선 곳으로 변화시킨다. 이렇게 말할 수 있겠다. 거울은 낯섦을 배가하는 장치다. 거울은 동일성을 반복하지 않는다. 거울은 차이를 반복하고 다름을 반복한다. 나는 거울 앞에서 무수히 다른 내가 된다.

3. 가방-내-존재 ─
가방 안에는 아무것도 없다/무(無)가 있다

그러나 악몽으로 점철된/악무한으로 펼쳐진 세상에서도 견디는 방법은 있다. 우리가 안으로 접힌 유한을 껴안는다면, 다시 말해 바깥과 구별되는 내부가 우리에게 있다면, 우리는 우리 자신을 견딜 수 있을 것이다. 우리에게 안팎의 위상학이 있다면 우리는 내면을 봉인하면서 우리 자신을 지켜낼 수 있을 것이다. 이를테면 우리는 가방에 비유될 수 있는 존재다.

뻔선생이 내세우는 논리는 이러했다.

아침저녁으로 우리는 가방을 실어 나르느라 바쁘다. 서너 살 때부터 이십대 중반을 넘길 때까지. 그 뒤로는 집에서 직장까지, 직장에서 다시 집까지, 잠깐 마트에 갈 때도 가방을 들고 가지 않으면 안 된다. 왜냐? 우리는 가방의 노예이기 때문이다. 인간은 모두 가방을 실어 나르기 위한 존재들이다. 그러니 노예들보다 그들이 든 가방 속을 먼저 확인하는 건 지극히 당연한 일이다. (「가방의 목적」, p. 143)

하이데거의 말을 비틀어, 인간을 가방-내-존재라 부를 수 있을 것이다. 하이데거는 인간이 언제나 일정한 세계 내에서 존재하고 그 '내-존재'가 현존재의 존재 체계를 규정한다고 보았다. 그런데 세계가 무한한 폐허라면, 악무한의 지평에 열려 있다면? '내-존재' 자체가 불가능하다. 내부에 존재하기 위해서는 여기에 안팎의 위상학을 덧붙여야 한다. 이를테면 세계에 던져진 우리는 '가방-내-존재'다. 가방이야말로 인간의 자리를 지정해주는 '내-존재'다.

'뻰선생'이라고 불리는 자가 있다. 가방을 뒤지는 이상한 버릇이 있는 사람이다. 일종의 가방 페티시즘이랄까. 그는 인간이 가방의 노예이므로 인간을 알기 위해서는 가방을 확인해야 한다고 말한다. 이 '뻰뻰한' 변명에도 일말의 진실은 있다. 한 인간의 본질이 인간 속에 든 것이 아니라 그 인간이 메고 있는 가방 안에 들어 있다는 것. 인간에게는 안팎이 없으나 가방에는 안팎이 있다. 아무리 들여다보아도 우리가 인간에게서 볼 수 있는 것은 기껏 목젖에, 아니면 내시경 사진에 불과하다. 저 발그스레한 고깃덩이가 인간의 내면이라는 말인가? 그럴 리가 없다. 따라서 내면을 탐색하기 위해서는 인간이 아니라 가방을 열어보아야 한다. 그 가방 안에는 무엇이 있는가?

　무슨 립스틱이 이렇게 많아…… 그녀는 낮게 읊조렸다. 어,
이거 김연아가 바르고 나온 거 아닌가? 그녀가 립스틱 하나를
빼 드는 동시에 여학생들이 몰려들었다.

　마침내 가방 주인이 나타났고 비난의 시선이 쏟아진 뒤에야
뻔선생은 이 사태가 자신에게서 비롯됐음을 깨달은 얼굴이었
다. 그는 바닥에 펼쳐진 내용물들을 쓸어 모으기 시작했다. 여
학생은 가방이 토해놓은 물건들 중 하나를 움켜쥐었다. 여학
생의 표정이 심상치 않았다. 그때서야 사람들은 그녀 손에 들
린 걸 주목했다. 투명한 플라스틱 반원 통, 거름망이 있던.

　"틀니 통이지?"

　나지막하게 중얼거리는 노교수의 말을 듣지 못한 귀가 있을
까. 침묵이 흘렀다. 그녀가 뛰쳐나가자 노교수는 어리둥절해
했다. 자신이 무슨 일을 저질렀는지 모르겠다는 순진한 얼굴
이었다. (「가방의 목적」, p. 147)

　학과 엠티에서 한 여학생이 일어서자 '뻔선생'이 그녀의
가방을 열었다. 엄청나게 많은 립스틱 사이로 틀니 통이 발
견된다. 학생들은 그제서야 눈짓을 주고받았다. "그녀에게서
막연하게 느꼈던 거리감의 정체를 그들은 깨닫게 된 것이다.
왜 그녀가 립스틱을 그토록 진하게 바르고 다녔는지, 표정이

늘 부자연스러웠는지, 누구와도 밥을 먹지 않았는지, 입을 크게 벌려 웃지 않았는지"(pp. 147~48). 그런데 이것을 그녀의 내면이라고 할 수 있을까? 틀니는 여전히 그녀의 외양 아닌가? 그녀의 입술 색깔도, 부자연스러운 표정도, 식사 자리도, 웃음도 그녀의 표면 아닌가? 그들은 모두가 그녀의 내면 혹은 비밀을 알았다고 생각했으나 거기에 있던 것은 여전히 그녀의 외면에 지나지 않는다. 가방이 포함하고 있는 것은 외면의 위장술을 위한 도구들에 지나지 않는다. 그것을 내면이라고 간주하자 그녀는 그 자리를 떠나 "끝내 학교로 돌아오지 않았다"(p. 148).

결국, 이런 것이다. 가방 안에는 아무것도 없다. 그런데 우리는 저 말을 '아무것도 없다, 가 있다'고, 다시 말해서 거기에 '무(無)가 있다'고 번역한다. 틀니 통이 거기에 있다고 해서 그녀의 표정과 식사와 웃음을 짐작했다고 생각하듯이. 그런데 틀니 통 역시 가방의 일종이다. 그들이 본 것은 가방 속에 든 가방에 지나지 않는다. 그들은 가방을 열고 그 안에 든 가방을 본 셈이다. 이런 일도 있었다. 고교 동창 몇이 야외 주점에서 술을 마시다가 한 동창의 가방이 '뻔선생'의 손에 걸렸다. "색색의 콘돔이 가방의 등쪽 주머니에서 나왔다. 충분히 웃어넘길 수도 있는 일이었다. 누군가 콘돔의 출처가 엄마노래방 옆 과부촌임을 확인시켜주었다. 그 자리에 있던 여자친구가 눈물을 뿌리며 사라진 뒤 동창은 한동안 얼이 빠져 있었다"(p. 151). 이번에도 콘돔은 몸에 덧씌우는 것, 즉 위장술의 도구에 지나지 않는다. 거기에 동창생을 증명할 수 있는 건 없다.

　같은 방식으로 '뻰선생'의 가방이 사라진다. 종강 후 며칠 뒤 '뻰선생'에게 전달해달라는 메모가 붙은 검은색 짐 가방이 과사무실로 배달된다. 가방을 전달받은 그는 철도 짐칸에 놓고 내린 가방을 되찾았다고 생각하고 그 가방의 이동 경로를 역추적하기로 마음먹는다. 그는 주소도 이름도 없는 가방이 주인을 찾아온 것은 필시 그를 아는 누군가가 그를 모욕 주기 위해 가방을 학교로 보냈을 거라고 생각했기 때문이다. 그는 가방 분실 신고를 한 뒤 철도 경찰의 도움으로 CCTV를 돌려보았다. 그 결과 허무하게도 그 가방 배달 사건에는 그어떤 미스터리도 음모나 보복도 개입된 바 없다는 사실만이 드러난다. 애초에 그가 자취방에 가방을 두고 갔던 것. 집주인의 배려로 그 가방은 옆방 사람에게 전달되었고 그 이웃이 그의 가방을 학과사무실에 가져다준 것뿐이다. 그런데 그 가방 사건 덕분에 그는 기행을 멈추고 학교를 그만둘 결심을 한다. 저 해프닝이 어째서 '뻰선생'에게 '사건'이 되었을까.

　　"그 일로 깨닫게 된 게 있어요."

　　뻰선생은 허탈하게 웃었다.

　　"하루에 5백만 명 정도의 사람이 지하철을 타거든요. 그중에 자기 물건을 깜빡 놓고 내리는 일이 만분의 1, 아니 10만 분의 1이라 쳐도 5백 건이잖아요. 한 달이면 1만 5천 건이 돼요. 신고가 들어온 것만 5천 건 정도라니까 지하철을 관리하는 입장에서 보면 유실물은 일상이 되는 거죠. 매년 10만 개가 넘는 가방이 주인을 잃고 미아가 된대요."

"주인이 끝내 안 나타나면?"

"유실물 센터나 관할 경찰서에 보관하다 폐기 처분되는 거죠."

"얼마나?"

"9개월이요."

"짧은 기간은 아니네?"

"이 일을 겪기 전까지는 이런 생각을 한 거죠. 왜 사람들이 가방을 찾아가지 않을까. 근데 그게 아니었던 거예요. 자신이 가방을 잃어버렸다고 생각하는 장소를 정해놓고 한곳에서만 찾으니까 찾지 못하는 거예요. 내 경우만 해도 가방을 기차 짐칸에 두고 내렸다고 생각하는 바람에 그 난리가 났던 거니까요. 가방 주인은 어딘가에서 애타게 가방을 찾고, 또 어디서는 주인 잃은 가방들이 쌓여가고, 그렇게 되는 거죠."(「가방의 목적」, pp. 158~59)

이 에피소드가 뜻하는 것은 무엇일까. 가방 '안'에는 아무것도 없었는데, 실은 가방도 없었다는 것. 가방의 내용물이 사라진 게 아니라(가방 안에는 아무것도 없었으므로) 가방 자체가 분실되었다는 것. 나아가 실제로는 가방이 분실된 게 아니라 가방을 잃어버렸다고 생각한 바로 그곳에서부터 가방은 존재하지 않았다는 것이다. 가방-내-존재로서 우리는 밖으로 게워진 내용물들이다.

「밤은 후드를 입는다」에서의 '후드' 역시 일종의 가방이다.

아파트 입구 계단에서 후드를 뒤집어쓴 남자와 마주쳤다. 뒤져보면 상수의 옷장에도 하나쯤 있는 회색 후드집업이었다. 둘은 서로를 지나쳐갔다. 후드는 계단 위로, 상수는 계단 아래로.

이상하게 발길이 떨어지지 않았다. 상수는 뒤를 돌아다봤다. 남자가 보이지 않았다. 좋지 않은 예감이 들었다. 입구에서 가장 가까운 곳에 그의 아파트가 있었다. 현관문은 잠겨 있지 않았다. 안방 문은 반쯤 열려 있었고 거동이 성치 못한 아버지는 무방비 상태로 잠들어 있었다. 상수는 계단을 뛰어올라 갔다. 아니나 다를까. 거실까지 침입한 후드가 열린 방문 틈으로 아버지를 노려보고 있었다. 엄청난 살기를 띤 채. (「밤은 후드를 입는다」, pp. 175~76)

'상수'는 식칼을 들고 후드 쓴 남자를 추격하지만 놓치고 만다. 오히려 이웃이 "식칼을 들고 날뛰는 남자를 봤다는 신

242

고"(p. 177)를 했을 뿐이다. 그 후에도 후드를 쓴 남자는 계속 상수의 집 주변을 배회한다. 창밖에서 아버지를 노려보기도 하고, 단지 앞 공터에서 경찰에게 발견되기도 했다. 그들은 밤처럼 증식하고 있는 것이다. 후드 입은 자들은 얼굴을 보이지 않고, 주변에서 출몰하고, 내게서 달아난다. 이 문장은 사실 다음 문장의 번역이다. 가방 안에는 아무것도 없고, 우리 모두는 가방을 든 자(가방-내-존재)이고, 가방은 열어볼 때마다 늘 분실된다. 우리는 후드 입은 자가 누구인지, 그가 왜 내 주변에서 위협적으로 나타나는지, 그럼에도 불구하고 실제로 내게 자신을 드러내지 않는 이유가 무엇인지 알지 못한다. 사실은 인용문부터가 이상하다. 후드를 입고 있어서 얼굴을 볼 수가 없는데 상수는 그가 "엄청난 살기를 띤 채" "아버지를 노려보고" 있다는 것을 어떻게 알았을까?

소설을 읽어가면서 우리는 결국 '후드 입은 자(「밤은 후드를 입는다」)'가 '낯선 아내(「낯선 아내」)'라는 사실을 알게 된다. '나'는 병든 아버지를 돌보고 있는데 이 봉양이 효심의 표현이 아니라는 점이 점차로 드러난다.

모든 불운으로부터 아버지는 스스로를 잘 지켜냈다. 상수는 아버지의 손을 잡았다. 피골이 상접한 얼굴을 보며 진심을 다해 말했다.

"오래오래 사셔야 해요."

잠든 줄 알았던 아버지가 그에게 잡힌 손을 뺐다. (「밤은 후
드를 입는다」, pp. 180~81)

어렸을 적 아버지는 어린 상수를 데리고 사창가를 지나가
면서 자신이 언제든지 아들을 버릴 수 있다는 사실을 상수에
게 일깨워줬다. "언제 아버지가 그의 손을 놓고 가버릴지 몰
랐다. 상수가 겁이 났던 건 아버지도 그걸 원하고 있었다는
것이다"(p. 199). 그리고 지금 상수가 아버지를 모시는 것은
연금 때문이다. "상수를 아는 사람들은 꼭 한마디씩 던졌다.
아버지 잘 모셔. 경찰관 말대로 연금을 승계할 배우자도 없
고 미성년인 자식도 없었다. 연금이 끊긴다면 고요한 밤도,
이벤트도 끝장날 판이었다"(p. 185). 결국 상수와 아버지는
가장 가까운 타인('낯선 아내')으로서, 아버지에게 언제든 버
려질 수 있다는 것을 깨달은 자로서, 언제든 아버지를 버릴
수 있는 자였던 셈이다.

4. 호모 시그니피칸스 — 꿈의 건축술에 관하여

세상은 악무한이다. 인간은 텅 빈 존재다. 그럼에도 불구
하고 인간은 어떤 방식으로든 의미를 생산한다. 인간의 모든
행위는 기호 작용이다. 설혹 그것이 무의미한 기호라 할지라

도 그렇다. 호모 시그니피칸스homo significans, 즉 기호적 인간. 이것은 인간이 기호를 생산하는 동물이라는 뜻이다. 나아가 그것은 인간이 그 기호화의 작인 자체라는 것, 다시 말해서 인간은 어떤 끼적임이나 서명sign으로 환원되는 존재라는 것을 뜻한다. 세상은 그런 기호들로 가득 찬 양피지와 같다. 이유의 소설이 의미를 생산하는 방식도 그와 같다. 악몽의 몽유록은 이런 식으로 작성된다.

개가 거기서도 1등을 한대?

내가 물으면 조와 류와 박은 제 일인 양 자랑스럽게 말했다.

당연하지. 1등들만 모인 데서도 1등을 하는 애다, 개가. 날 때부터 1등 자리에다 접착제를 붙여놓은 애라니까. (「깃털」, p. 64)

"개"는 친구인 '조, 류, 박'의 입을 통해서만 전해지는 '후드를 입은 자' 같은 존재다. 늘 주변을 맴돌지만, 한 번도 모습을 드러낸 적 없는 무인칭이다. 나중에는 시공간마저 초월한 '거울의 눈' 같은 존재가 된다. "개"는 친구들의 주변을 맴도는 '깃털' 같은 존재다. 왜냐하면 친구들의 성을 모으면 '조류'가 거기 있기 때문이다. 이상한 기호라는 생각이 든다면? 다음은 어떤가?

필이 묻자 그녀 역시 실감이 안 난다는 표정으로 말했다.

꿈이 현실이 된 거지.

여름 내내 엉뚱하고 기이한 사건, 사고가 일어났다. 돼지들이 안방으로 몰려드는 꿈을 꾼 중년 여자는 뺨을 핥는 축축한 침냄새에 잠이 깼다. 그녀는 꿈에서 본 돼지들이 안방을 엉망으로 만들어놓는 걸 속수무책 지켜봐야 했다. 자기 집 옥상에서 떨어지는 꿈을 꾼 한 소년은 다리를 움직일 수 없었다. 골절상으로 곧장 병원에 입원했다. (「꿈꾸지 않겠습니다」, p. 115)

'필'과 '여진'은 오래된 연인 사이다. 둘의 이름은 아마도 '진짜처럼[如眞] 느끼다[feel]'를 의미할 것이다. 둘이 사는 세계는 꿈을 꾸면 현실에서 그 꿈이 실현되는 세계. 이때의 꿈이란 dream이면서 vision이기도 하다. 이것 역시 기호의 착란(錯亂), 즉 이중적인 기호 작용이 만들어낸 기호화된 세계다. 다음은 또 어떤가?

술에 취해 정신을 놓거나 길을 잘못 들거나 오지 않는 버스를 하염없이 기다리다, 예고 없이 간혹 일어나는 일이라고 했다. [……] 수은주를 영하 백 도 아래로 뚝 떨어뜨리는 북극 바람을 재빨리 피하지 못하면 순간 냉동된다. 찾아 나선 가족이 온풍기를 뿜어줘야 두 발을 땅에서 뗄 수 있다는 말을 듣고는 묻지 않을 수 없었다.

아무도 발견하지 못하면요?

그대로 아이스맨이 되는 거죠. (「지구에서 가장 추운 도시」, p. 40)

그가 찾아간 곳은 지구에서 가장 추운 도시여서 인간을 순식간에 냉동 인간으로 만들어버린다. 그는 길을 잃었다가 겨우 살아서 돌아왔다. 그런데 귀국한 후에도 비슷한 일이 반복된다. "그는 집으로 돌아오는 전동차 안에서 쓰러졌다. 좌석에 앉아 있던 자세 그대로 바닥에 쿵. 누군가 휘파람을 불며 웃었다. 진탕 드셨네"(p. 52). 타국에 있을 때 추위에 얼었다면 이번에는 술에 얼어붙었다. 집 근처에서 그는 길을 잃는다. 두 번의 미아. 두 번의 "아이스맨"이 된 셈이다.

어떤 몸짓도 기호가 될 수 있고 이러한 기호만이 악몽의 세상에서 의미를 건축하는 방법론이 된다. 그 기호가 설혹 착오나 오독에 기반한 것이라고 해도 그렇다. 무의미보다는 낫다. 오인/오지각된 몸짓이라고 해도 서명임에는 틀림이 없기 때문이다. 저 서명은 호모 시그니피칸스, 즉 인간이 기호화의 작인 그 자체임을 보여준다. 이러한 서명만이 인간에게 고유한 의미를, 얼굴을, 이름을 부여해주기 때문이다.

여자는 자신의 목을 손등으로 툭 치며 말했다.

"쳐주세요."

가위질을 하는 동안 나는 냄새의 정체를 알게 됐다. 내 온몸에 뿌리 깊이 박혀 있는 파마약 냄새였다. 여자는 나와 같은 미용사였다. 〈신발보다 싼 타이어〉라는 입간판 옆 작은 미용실에서 여자는 딸아이와 살고 있다. 〔……〕 그녀는 가위를 쥐고 있는 내 손을 움켜줬었다.

"이런 엄마는 없는 게 나아."

내가 막아볼 틈도 없이 가윗날은 자연스레 여자 목을 그었다. 단단한 목뼈가 가윗날과 함께 분리되는 감각이 내 손끝에 확실히 새겨졌다. (「커트」, pp. 215~16)

우리는 미용실에 머리hair를 자르러 간다. 그런데 '나'는 머리head를 자르는 미용사다. '나'는 사수였던 '로나 박'과 옆집 미용실 여자의 머리통을 몸에서 분리시켰고 마침내는 딸에 의해서 머리가 떨어져 나온다. 게다가 딸은 무통증 환자여서 가위로 제 손가락을 자르며 논다. 이 무서운 「커트」의 세계역시 거울 속 세계다. 내가 머리를 잘라준 이웃집 미용사는 거울 속 '나'이기도 하다. '나'는 "가건물 한 귀퉁이에 〈머리치장〉이라는 간판을 달고 미용실을 하고 있다. 타이어가 신발보다 싸면 그게 타이어야?라고 묻는 영특한 일곱 살 딸아이와 합판을 막아 만든 가게 뒷방에서 산다"(p. 203). 그러니까 나는 내 머리를 커트한 셈이다.

악무한의 세계에서 무(無)를 껴안은 가방-내-존재. 인간은 저 오인/오지각된 몸짓만으로 기호화된다. 인간은 잘못 쓴 서명이고, 세계는 과도하게 중층으로 기록된over-written 기록물이다. 그러나 바로 그 오인/오지각된 몸짓만이 인간에게 의미를 부여한다. 우리는 바로 그런 흔적이기 때문이다. 우리는 그로써 무한한 세계에 좌표를 부여하고 텅 빈 자리에 무언가를 집어넣는 존재이기 때문이다. 악무한의 세계에는 길이 없다. 무한대의 공허만이 주어져 있기 때문이다. 그런데 우리가 어떤 몸짓을 거기에 부여한다면, 아니 우리 자체가 그런 서명이라면, 우리는 길을 잃지 않는다. 추운 도시에서 길을 잃은 '그'는 '아르센'이란 몽골계 남자에게 구조된다.

간신히 말을 하게 된 그는 아르센에게 내내 묻고 싶었던 걸 물었다.

대체 날 어떻게 찾아낸 겁니까?

아르센은 왜 그런 걸 묻는지 모르겠다는 듯 눈을 깜박였다.

당신이 거기 있었잖아요.

(「지구에서 가장 추운 도시」, pp. 58~59)

길을 잃었다고 생각한 그곳에 나는 있다. 내가 있는 그곳에 의해서 나는 '거기-있음'(현존재)이 된다. 나는 처음부터 아무것도 갖고 있지 않았어도 '내-존재'였던 것이다. 아무도 그를 찾지 못한다고 해도 그가 길을 나선 순간부터 그는 길

위에 있다. 이유의 소설이 우리에게 말하는 것이 이것이다. 악몽은 그치지 않을 것이다. 우리도 쉬지 않고 한 악몽에서 다른 악몽으로 이행하는 몽유록을 쓸 것이다. 바로 그 기록이 악몽의 탈출기가 될 것이다. 바로 그 몸짓이 의미의 건축술이 될 것이다.

작가의 말

아쉬움은 없다. 있어도 없다. 그러기로 했다.

얼마 전에야 내 요리 솜씨가 형편없다는 걸 알게 됐다. 승과 해솔에게 고맙고 미안하다. 수만 번 말해도 부족하다.

책으로 꾸려주신 문학과지성사에 감사한다. 편집부 조은혜씨 감사합니다. 나를 견뎌준 친구들과 선생님 감사합니다.

뜨거운 2017년 겨울
이유

수록 작품 발표 지면

낯선 아내 『세계일보』 2010년 신춘문예 당선작

지구에서 가장 추운 도시 〈문학웹진 뿔〉 2012년 4월호

깃털 〈문장웹진〉 2011년 7월호

빨간 눈 『문학과사회』 2011년 봄호

꿈꾸지 않겠습니다 『문학동네』 2011년 겨울호

가방의 목적 『포항문학』 2015년 겨울호

밤은 후드를 입는다 『문학과의학』 2015년 10호

커트 『현대문학』 2010년 4월호